親子つれづれの旅

田中志津
田中佑季明

土曜美術社出版販売

家族の肖像

40 代の田中佐知
（2004 年歿）
新宿御苑にて
撮影：田中佑季明

左より　田中佑季明／志津／兄・昭生　2019 年

親子つれづれの旅 * 目次

刊行に寄せて　田中志津　6

田中志津編

第一章
親子対談　10
第二章
短歌　23
小千谷　24
佐渡　26
戦争体験　28
新宿時代　31
海外旅行　34
所沢　39
いわき　40
第三章
随筆　42
翻訳　42
りんご　46
トンビ　49
病院通い　51
旅に行かずとも　53

田中佑季明編

第四章

随筆　58

家族の肖像　58　寺山修司　60　二人芝居　62　日野皓正　64

トークショー　67　新宿・歌舞伎町　71　百二歳の旅　81

第五章

美術評論　91

偉大なる芸術家　サルバドール・ダリ　91　カミーユ・クローデル　94

あとがき集　99

あとがき　田中佑季明　118

プロフィール　120

カバー・扉画／南髙彩子
カバー裏絵手紙／田中志津

親子つれづれの旅

刊行に寄せて

令和になって、息子・佑季明と共著を刊行するとは、夢にも思っていませんでした。

未発表の短歌もあり、また追加したものもございます。随筆も数編なら書けそうな気がしました。

今年になって、自分でも呆れるほど、物忘れが激しくなってしまいました。恐ろしいほどです。

百二歳ともなれば、止むを得ない現象と諦めるしかないのでしょう。と自分自身に言い聞かせても、やるせなく寂しいものでございます。しかし、こうして本が刊行できる慶びは、計り知れないほど嬉しいものでございます。

今回息子との口述筆記などを通じて、普段とはまた違った意味での、親子の親近感なども湧いて参ります。

親子の本が、読者の皆様方にどのように受け止められるか気になるところではあります。

私は大正・昭和・平成と激動の時代を生き抜いて参りました。

そして新元号、令和を迎え、新たな時代の一歩を踏み出しました。

世界は大きな潮流の中で、動いております。一触即発の起こらない、平和な世界を望んでいます。

令和元年六月吉日

日本文藝家協会会員　作家　田中志津

田中志津編

第一章　親子対談

はじめに

今回は、親子の対談ということで、母・田中志津とその息子・佑季明の対談を企画してみました。普段同居している母との会話は、一般家庭で日常親子の間で会話しているものと遜色ないものと思います。

しかし、あらためて企画として発表する以上、親子の対話ではありますが、作家の視点で、その生きざまを考察してみたいと思います。

Ｑ＆Ａ型式をとりながら、紙面の制約の中で、どこまで迫ることができるか分かりませんが、その一端でも披露できるとするならばよろしいのではないかと思います。

＊

母の来歴

息子　それでは最初に、百二歳という長い人生を生きてこられて、最も輝いていた時代と言いますか、時期はいつ頃でしたか？

母　そうね、やはり青春時代を過ごした佐渡の相川時代だったわね。

息子　それはどうしてですか？

母　当時は両親も健在だったし、弟や妹も同居していたので、家族で生活できたことが幸せだったわね。父親は新潟から栄転で、佐渡支庁の首席属に就任していたのよ。毎日のように、地元紙に父の動向が、大きく報道されていたわ。私も父親の報道を毎日楽しみにして読んでいたわ。

息子　へぇー、祖父は凄い人なんだ。今で言う総理同行の超小型版みたいなものなんだね。

母　そうね。写真入りでよく掲載されていたわ。父親は、「お前も新聞に掲載されるような人物になりなさい」と一言、言われたことがあったわね。当時は、聞き流していた程度であまり気にも留めていなかったけれどね。

息子　でも、父親の意志を継いで、お母さんも朝日新聞はじめ他の全国紙や地方紙、週刊誌、月刊誌、ラジオ、テレビと、よくマスメディアに登場しましたよね。そういう意味では、父親の遺言のような言葉を、着実に引き継いで実行していますよね。

母　あまりそのことは、意識していなかったけれど、結果的に、本の出版などで、いろいろとメディアに取り扱っていただくことが多かったわね。父親は、私が二十歳のときに、官職に就いたまま一晩で、脳溢血で倒れ亡くなってしまった。享年五十四歳だったわ。私にとっては、大変な衝撃だったわ。尊敬する父親を失い、大黒柱が亡くなってしまったのだから。家計は長女である私への負担が大きくなり、弟の学費援助のために、残業代を稼ぎ援助していた時代だったわ。父が亡くなり、あらためて父の存在の大きさを認識させられたのよ。また躾・教育には厳しい父親だったけれども、よく長女の私を可愛がってくれたわ。

息子　以前、聞いたお母さんの話によると、父親は、何かにつけて、シー（本名シヅ）やシーやと、長女のお母さんのことを気にかけていたそうでしたからね。

母　ええ、長女ということもあったのでしょうね。女学校の卒業式で、父親が来賓祝辞の挨拶するときの原稿を、父親が間違って読んでいないかの確認をさせられたこともあったわ。卒業式では、父親の挨拶を聞いていた学友たちが、涙を流している姿が、今でも思い出されるの。

息子　ふーん。立派な父親だったんですね。僕は幸せ者ですね。百二歳の母親と、こうして元気に暮らせるのだから。いつまでも長生きしてくださいね。年金も死ぬまで支給されるのですから（笑）。

母　そうね。ありがとう。

息子　佐渡時代は、女学校を卒業すると、三菱鉱業（株）佐渡鉱山に勤務されましたよね。その当時のことを聞かせてください。

母　私はクラスの仲間と三人で、佐渡鉱山に入社したの。女性事務員第一号だったのよ。

息子　それは鉱山でも注目されて、モテたことでしょうね。

母　うっふふ……若かったもの。それなりに華だったわよ。

息子　当時の佐渡鉱山の様子はどうだったのですか？

母　私は昭和七年から八年間、鉱山に勤務していたの。この時期は、佐渡鉱山の隆盛から凋落に向かう頃だったわ。全国から優秀な大学卒の人たちが集められ、鉱山も活気に満ちていたの。朝鮮の技師も佐渡に来ていたわ。アンポーエキさんと言って、背が高く色の浅黒いインテリな技師だったの。増川（旧姓）さんをぜひ朝鮮に案内してあげたい。私が全部案内すると言ってくれたわ。当時、外国旅行などは、夢のまた夢の時代でしょ。話だけでも嬉しかったわ。また、同じ事務所の後ろの席には、京都大学を卒業された技師の稲井好廣氏がいたわ。後に、三菱金属（株）社長・会長を務められた立派な方だったわ。その他、早稲田大学を卒業された鈴木学さんもいたわね。彼は後年、福島県の小名浜製錬所の所長を務めていた方なの。平成になってから、彼の案内で、娘と小名浜製錬の工場見学をさせていただいたことがあったわ。私は、昭和五十四年に佐渡を舞台にした小説『遠い海鳴りの町』を刊行しましたよね。稲井社長もこの本をご覧になっておられたのよ。当時、既に社長に就任されていたわ。社長は早速「海鳴会」と命名され、会を立ち上げて、当時の仲間たちを東京に呼び寄せてくださった。都内の一流ホテルや、三菱金属（株）の高輪会館で、宴会を盛大に開いていただいたわ。会食後には、佐渡おけさを輪になってみんなで踊ったことを懐かしく思い出すわね。

息子　そんなこともありましたね。当時、新宿の自宅から「海鳴会」へ、母がお洒落をして出かけて行く姿を見ましたもの。

母　海鳴会は、四、五年続いたのかしら？　旧交を温め、みんなで当時を思い出して楽しいひと時を過ごせたわ。稲井社長にはとても感謝しているの。

息子　いいもんですね。積もる話に花を咲かせて、昔日の思いに耽ったのでしょうね。

ところで、佐渡の鉱山祭りも盛大に行われていたそうですね

母　ええ、鉱山全体が三日間休業となって、鉱山祭り一色だったわ。とても賑やかで華やかなお祭りだったわ。三菱のイルミネーションを作り、山車には、粋な芸者衆が何人も乗って、三味線を弾き、町を流すのよ。大きな布袋様なども作っていたようだったわ。私も女子職員と一緒に、「東海道膝栗毛」の演目で着物姿で、舞台に上がって演じたりしたわ。また、佐渡おけさを皆で踊り、このときは、鉱山祭り一色だったわ。今は、あれだけの活気に満ちた鉱山祭りはないでしょうね。私は写真に詳しい課長に頼まれて、写真の現像・焼き廻し技術を教えてもらい、一カ月かけて、狭い暗室で職員の写真申し込みに汗を流したの。その数、百枚以上になるかしら？

息子　凄い！　まるで写真屋さんですね。鉱山祭りの活気がなくなってしまうことは、とても寂しいことですね。佐渡金山が世界文化遺産に登録されれば、また当時の活気が蘇るかもしれませんよね。今は暫定登録中ですね。

母　そうよね。ぜひ五度目の挑戦で、世界文化遺産の登録を実現してもらいたいわ。

息子　母親が生きているうちにぜひ実現させたいですよね。時間との闘いだ。

母　もちろん世界文化遺産になってほしいわね。私は平成二十一年三月二十八日、新潟大学旭町学術資料展示館主催で行われた「世界遺産フォーラム」（万代市民会館大ホール）において、「世界遺産教育」の一環として、「世界遺産登録へのエール」を会場で代読していただいたわ。

息子　僕もそのとき、同行していたので知っています。新潟大学の副学長さんたちが、母親の所にご挨拶に来られていたのを思い出しました。

文学碑

母　願わくば、一日も早い登録を願ってやみません。平成十七年四月十五日には、三菱マテリアル（株）、（株）ゴールデン佐渡のご協力を得て、佐渡金山第三駐車場の一角に大きな「佐渡金山顕彰碑」が建立されましたよね。

息子　僕も同行していました。二トンの金鉱石と金鉱石の由来、そして母親の文学碑が三点セットで建立されていますね。式典の取材を受け、毎日新聞はじめ新潟日報などで、大きく報道されましたね。

母　大変名誉なことで、光栄に思っています。

息子　その後、何度か文学碑を見に佐渡を訪れましたね。

母　ええ。何度佐渡を訪問しても、青春時代の輝きは色あせることなく、私の胸に浸み込んでいるわ。稲井好廣会長にも、是非文学碑をご覧いただきたかったわ。稲井会長の三菱金属の社内葬には、私一人、女性の参加者として参列させていただいたわ。会場では、三菱商事に勤務されているご子息の長男様が、私の所に見えられ、ご挨拶に来ていただいたわ。「生前は父が大変お世話になりました」って。稲井会長にふさわしいご立派な方でした。

息子　佐渡は母にとっては、忘れられない日本海に浮かぶ島なんですね。文学碑の話が出ましたので、他の文学碑についても触れてみたいと思いますが。

母　小千谷の「田中志津生誕の碑」と、いわき市の「母子文学碑」のことね。

息子　ええ。

母　小千谷は私の生まれ故郷だから、小千谷に寄せる思いも大きいのよね。

息子　小千谷は、船岡公園のロケーションの良い場所を、小千谷市役所にご提供いただきましたね。この土地は、豪商・西脇家が所有していた土地のようですね。現在でも一部西脇家が所有する土地もあるようですね。眼下には、蛇行する信濃川を見下ろし、遠方には八海山はじめとする越後三山を望む素晴らしいところですね。建立式典には、小千谷市長はじめ新潟大学教授など多くのご来賓の方々にご臨席いただきましたね。私が司会進行をしたので、よく覚えていますよ。

母　その節は、大変お世話になりました。

息子　いいえ、母のためなら労を惜しむことはございませんよ（笑）。何でも申し付けください。何でもやりますよ。ハイッ！

母　あらためて、ありがとうございます。

息子　福島県いわき市の千三百年の歴史を誇る大國魂神社にも、母子文学碑が建立されていますね。

母　いわきは、晩年の地となります。この地に、親子で三基建立できたことは、この上なく嬉しいことです。私の短歌は東日本大震災のときの小名浜港を詠んだもの。娘の保子（佐知）は代表作『砂の記憶』の一文の詩を、そして佑季明は、三年遅れて短歌を詠んでいますね。まさか、親子三つの碑が建立されようとは、思ってもいませんでしたよ。

息子　宮司・山名隆弘氏には、感謝しています。当初は、いわきゆかりの詩人、姉・佐知の詩碑「砂の記憶」だけを建立する予定でした。だが、一つだけ神社にポツンと姉の碑が建立されているのでは何か寂しい気がしました。建立実行委員会の方々とも相談して、母の歌碑を同時に建立したらどうかという結論に至り、二つの碑が完成されたのでしたね（H26・5・29）。

母　そうだったわね。お母さんも娘の碑と並んで、神社に建立できることは、夢のようであり、とても幸せでした。

息子　その後、宮司・山名隆弘氏から、「息子さんの碑も建立されたらいかがですか？」という思いもかけないお誘いがありました。せっかくならばこの機会に、母が健在中に建立したいという気持ちと一致したわけです。もともとはこの神社の中に、「言霊の杜」ということで、文学碑、詩碑、句碑などの建立構想があったそうです。この場所では、私たちの碑が第一号となりました。三基の碑の前には、「みだれ髪」の作曲家・船村徹が記念植樹された「とちの木」があります。ちなみに、彼は栃木県の出身です。栃木の県木がとちの木です。

母　日本の歌謡史に燦然と名を残された、船村徹先生もお亡くなりになってしまいましたのね。寂しいわね。

夫の酒乱

息子　さて、最初の質問は、最も輝いていた時代を尋ねたわけですが、次に最もつらい時代というのは、いつ頃でしたか？

母　夫が大企業の工場長を退職して、昭和三十年代に事業を起業したが、失敗して経済的困窮を味わったけれども、まだ耐えられることでしたね。それよりも精神的苦しみの方が、耐えられなかったわね。

息子　それは父親の酒乱生活のことですよね。

母　そう、二十年という膨大な歳月を夫の酒乱により、苦しめられ、子供たちをも巻き込んでしまったことが悔やまれるわ。あなたたちにも、とても大きな迷惑をかけてしまい、本当に申し訳なく思っているわ。

息子　確かに、あれは何だったのだろうか？　小学生の頃から、大学卒業前後まで、荒れ果てた家庭生活が毎日のように続いていましたね。

母　本当に、あなた方の青春時代を壊してしまい、すまないと思っているよ。

息子　いやぁ、混沌とした家庭生活の中でも、子供たちには、それぞれの青春時代は在りましたよ。心配することはありませんよ。

母　特に長女の保子は、女の子だから、傷つきやすく、青春時代の蹉跌は大きかったと思うわ。

息子　姉は僕と違い頭が良く、学校でも人気者だったね。家庭の荒廃した生活ぶりを、学校にまで、引きずらなかった気がする。人とは異なる才能があったしね。子供のときから、自分の世界を持っていた。家庭は家庭、学校は学校で、頭の切り替えが上手だった。兄も学級委員や合唱団の指揮者に選ばれ、そつのない生き方をしていたようだね。末っ子の私は、母親に甘え、母親への依存が比較的強かった。父親の酒乱による、家族への暴言を許すことができなかったね。大学に入学してからは、遅まきながら私も自立精神が旺盛になってきましたね。大学の授業料や入学金は、タイムラグはあったけれども、バイトしながら、自分で全部支払ったことが唯一の自慢ですよ。

母　佑季明は、頑張り屋だったものね。

息子　根性があるんだよね。これも家庭崩壊から生まれた、正の産物かもしれないね。

母　あのような苦渋に満ちた酒乱生活の中で、子供たちはよく不良にならなかったと感心していましたよ。

息子　母親が酒乱の父に対して、真摯に向き合う姿勢を見て、誰も道は外せませんよ。父が反面教師となったわけですね。

母　荒れ狂う酒乱の中、耐えきれずに私と娘は、家出をしたことがあったわよね。郊外の中央線沿線の三鷹駅に近い、新築のアパートの二階の部屋に半年近く身を寄せていたことがあったわね。

息子　僕と兄は新宿の自宅から、会社へ通勤していたね。時々三鷹の家へ寄って、宿泊したこともあったね。

母　保子は、可哀相にせっかく入社した三菱商事を、酒乱生活のために退職してしまった。

課の新規事業立ち上げで、会社で夜遅くまで仕事をして、帰宅しても酒に塗れた父親が悪態をついていている。仕事を持ち帰って仕事を始めようとしても、こんな環境では仕事が手に付くわけがない。仕事と家庭との葛藤があったのであろう。苦渋の決断で退職せざるを得なかった。

息子　確かに子供たちは、それぞれに程度の差こそあれ、影響はありましたね。大手商社の外国部に勤務する兄は、夜遅くまで飲み歩き、家の帰宅は、父親が寝静まる頃だったね。

母　酒乱生活に終止符を打ったのは、夫が病で倒れ、享年六十四歳で永眠してからだった。

息子　酒乱生活から得たものはあったのであろうか？　母にはその副産物として「文学」があったような気がする。次に文学とのかかわりについてお聞きしたい。最初のきっかけは何でしたか？

母　その前に、私は子供の頃から、綴り方が好きだったのね。学校でも私が書いた作文がみんなの前でよく先生が読んでくださったわ。結婚後は、気の進まない結婚生活をまぎらすために、たくさんの短歌を詠んでいたの。その当時の短歌はみんなどこかへなくしてしまったわ。あればあらためて読んでみたかったわね。

息子　そうした土壌があったのですね。ＮＨＫでドラマ化された経緯はどうなんですか？

母　私が日記を書いていたものが、劇作家・郷田悳氏の眼に留まりドラマ化されたのよ。

先生は私を戯曲家に育てたいと仰っていただき、自分の戯曲が舞台で公演されていると、新橋演舞場など都内の劇場に連れて行ってくださり、ここが演出部分だとご指導いただいていました。山田五十鈴はじめ豪華キャストに囲まれた舞台は華やかなものでした。しかし、私は戯曲家よりも作家になりたいと申し出て作家の道を歩んでゆくのです。

息子　私もＮＨＫで母の随筆日記の原作「雑草の息吹き」、ドラマのタイトル「今日の佳き日は」がＮＨＫで収録される日に母と同行しましたね。母親役を山岡久乃、弁護士役が小沢栄太郎でしたね。

母　ＮＨＫには、演技指導と確認のため呼ばれましたね。放送日は夫がいつになく喜んでくれて、「全国津々浦々まで放送される」とにこやかな表情を浮かべていたことが、印象に残っていますね。

息子　その後同人誌「文学往来」に入り「銀杏返しの女」、後に『信濃川』を処女出版する運びになったわけですね。

母　『信濃川』では映画会社との盗作問題で、大手新聞社を新宿の自宅に呼び、記者会見をしました。映画会社の不条理な対応に心を痛めました。

息子　それで日本文藝家協会と日本著作権協会に入会したわけですね。

母　後に、川端康成賞を受賞された理事の青山光二先生と、高橋玄洋先生の推薦を受けて入会が承認されました。これで文学への熱い情念が燃え滾り作品に打ち込むことができたのです。しかし、遅筆のため、作品は思うように進展せずに創作できませんでした。夫との酒乱生活を描いた『冬吠え』、佐渡金山四百年の歴史を織り交ぜて執筆した『遠い海鳴りの町』、『佐渡金山を彩った人々』、『佐渡金山の町の人々』、『志津回顧録』、『雲の彼方に』、『年輪』、全集『田中志津全作品集』上・中・下巻、『ある家族の航跡』、『邂逅の回廊』、『歩き出す言の葉たち』、『愛と鼓動』などを刊行してきましたね。

息子　凄いことですね。全集については、全巻点字訳本として、新潟県視覚障害者情報センターに所蔵されています。

母　眼のご不自由な方たちにも読んでいただけることは、何と素晴らしいことなのでしょうか。嬉しい限りです。小千谷出身の眼の不自由な方が、全集を読み、自分が生まれ育った小千谷が描かれている『信濃川』が特に素晴らしかったと人づてにお聞きして嬉しかったわ。

息子　点字訳とは、素晴らしいことですよ。作家冥利に尽きますね。

母　ええ。本当だわ。

息子　人との邂逅も、素敵な出会いをもたらすことがありますね。国立大学教授の時衛国氏によって、中国の週刊誌「中華週報」（H30・4・4）に母の紹介記事が掲載されたことがありましたね。

母　ええ。とっても驚いたわ。私ばかりでなく、娘や佑季明のことも触れていただいているわね。

息子　中国の人たちにもわれわれの存在を知っていただけるなんて、とても素晴らしいことですよね。

母　そのとおりです。想像していなかっただけに、嬉しさも百倍ですね。時教授には大変感謝しています。

息子　私も今年九月に中国で開催される山東大学「多文化研究と学際的教育」の国際シンポジウムで講演する予定です。これも時教授との出会いがなければ実現できなかったことです。感謝しております。

佐知の残したもの

息子　さて、今度は姉の朗読について話を進めてまいりましょう。姉は自作詩を俳優座などで岩波映像の社長と催しを開催したことがありますね。俳優座の晴れ舞台で朗読する姉の姿を母は足のけがのために見に行くことができなかった苦い経験がありますが、今回は母の作品をFMで朗読したことについてお聞きします。

母　娘の佐知が私の二冊の小説『佐渡金山を彩った人々』と『冬吠え』をFM放送で全編を約二年近くかけて朗読してくれたことがありがたかったわ。朗読の終了後しばらくして、病で命を絶ってしまった！　残念至極だったわ（H16・2・4　享年59歳）。

息子　壮絶な最期でしたね。姉は執念で母の作品を読破したのでしょうね。これほどの親孝行はないですね。死をもって朗読を完了させた。潔い生きざまですね。

母　本当に嬉しくありがたかったわ。埼玉県川越にある高級割烹料理店「山屋」でお礼を兼ねて祝宴を家族で上げさせてもらったわね。女将が気を利かせてくれて、一番良い部屋に案内してくれたわ。

息子　あのときは、姉は死を覚悟しての朗読だったようですね。放送局のスタッフや友人、知人たちにも、自分の病の深刻さを年賀状にも知らせずに、命の朗読を完了させた。こんなにも強い姉の姿を見たことがなかった。

母　凄い娘だ。神は何故無情にもわが子を天国へと連れ去ってしまったのだろうか！

息子　もう少し命を与えてくれれば、詩や随筆だけに留まらず、小説にも手をかけていただろう。姉の小説も読んでみたかった。

母　本人も小説を書きたいという意欲はあった。「お母さんにみんな小説のテーマを持っていかれちゃったわ」と言われたことがあったわね。

息子　なるほど。たぶん家庭での波乱万丈に満ちた生活を描きたかったのだろう。でも同じテーマでも書き方によって、多様な作品が生まれることを知っての発言だったのだろう。たぶん、母親に甘えてみたかったのだろう。

母　兄弟が一人も欠けずに、この時代を共に生きてくれていれば、どんなに母親として嬉しかったことであろう。だが、娘の死は冷静に受け止めなければなるまい。

息子　姉は今を生きている。そんな実感を持つことがよくある。それは、姉の詩が、没後十五年たっても、混声合唱組曲「鼓動」として歌い継がれてゆく現実を直視するとき、「姉は今を生きている」そんな実感を持つことがよくある。

母　ほんとうにそうだわね。楽譜から流れてくるメロディに乗って、娘の佐知が立ち現れてくるようだわ。

息子　これから残された人生をどう生きて行くのですか？

母　人に迷惑をかけない生き方をしてゆきたいわね。佑季明にはいつも迷惑のかけっぱなしだけれどね（笑）。

息子　お世話は喜んで、楽しんでやっていますよ。

母　ありがとう。良き子供を産んでおいて良かったわ。感謝しています。

息子　長い時間かけて、縷々母には質問などして、お疲れさまでした。もっといろいろな引き出しがある母なので、これで終わらせることもしのびないのですが、今回の対談はこれにて閉幕といたします。これからいつまでも笑顔を忘れない元気な母親であってください。ありがとうございました。

母　こちらこそありがとうございます。

*

対談を終えて

限られた紙面の中で、私の力量不足もあって、田中志津の全体像を充分に浮き彫りにすることが出来なかったもどかしさや、無念さが残る。だが、母の人生の一端をこの対談で、少しでも汲み取っていただけたならば、嬉しい限りである。

第二章　短歌

小千谷　幼少期

豪雪の小千谷に生まれ鉛色春待つ心ひときわ強く

雪の町白銀世界どこまでも雪のトンネル向かいの家屋

雁木には長い雪の河白い町道行く人は数少なくて

段丘小千谷の町に親しんで父母（ちちはは）暮らす幸せの日々

山本山スキージャンプ飛来する目を輝かせ天空仰ぐ

塞ノ神父に連れられ正月晴れ着の姿眩しくうつる

信濃川蛇行しながらゆったりと越後の町に雄姿輝く

雪遊び妹たちと戯れる笑顔溢れる粉雪の中

軒下に光り連なる氷柱（つらら）ぽつぽつ垂れる陽光日かな

桜咲く船岡公園人の山豪華絢爛花見の季節

桜散る花吹雪荒れ花びらよ空に咲かせる夢幻の世界

夜なべして母の手仕事身に染みる手にする浴衣母のぬくもり

夏祭り信濃川には遠花火大輪咲かせ夜空彩る

父方の先祖古くは縮商高価織物手を通せずに

小千谷去り汽車揺られて新潟へ寂しき想い線路のきしみ

朝起きて神棚前へ手を合わせ我が家の日課朝の始まり

初雪に心寄せるは小千谷人(びと)いつぞ迎える豪雪の町

正月膳を並べて父唄う金剛石をみなで唱歌

雪積り電信柱ソリ走る向かいの家は雪のトンネル

夏の日に父連れられて競馬場サラブレッドの走り目見張る

餅焼きを火鉢囲んで匂い発つ餅膨らんで長箸を刺す

雪の中蓑笠被り通学す白銀世界足跡残る

雪解けの小千谷に春を待ち侘びる軒の下には氷柱(つらら)滴る

三味の音(ね)部屋から流れ粋な母芸子に習い艶ある我が家

船岡山親に連れられ桜見に花の見事さ心揺さぶる

風吹いて桜吹雪が舞い上がる幻想的な山の景色よ

座敷にてキセル燻らせ子供らを見守る父の浴衣清(さや)けき

父の顔口髭はやし物静か威風堂々居間で碁を指す
正月こたつの上でかるたとり門松外し仕事はじめよ

佐渡

日本海佐渡わたる父家族連れ甲板ひとり覚悟抱いて
父母と安らぎ過ごす佐渡の海家族で暮す幸せの日々
女学校若さ溢れる教室島の娘は元気溌溂
学友と青春謳歌輝きて思い出残る島の学校
教室島風吹かれ心地よく四部合唱歌声響く
日本海この輝きを島人に孤島なれども無限の大志
荒れ狂う冬の海ぞよ白い波牙剝き襲う怒濤の嵐

春日崎尖閣湾を訪れて佐渡の名所家族とめぐる

鬼太鼓佐渡の魂響かせて荒波めげずバチ乱れ打ち

わが家から夕陽に染まる海見つめ明日の未来を思い浮かべて

我が家族四人姉妹の長女弟優れ異才放って

ガリ版に我が綴り方読み上げる教師の声熱く届いて

佐渡の海我に力を与えんと四季折々に表情変え

佐渡支庁首席属の父親へ村民頼って父訪れる

父親の新聞紙面躍る記事仕事内容初めて知るぞ

威厳ある父の横顔厳しくも家族支えるキセルの煙

卒業来賓あいさつ父語る涙浮かべる友の顔たち

卒業佐渡鉱山に入社して喜ぶ父の笑顔ほころぶ

早朝佐渡鉱山に七年も通い詰めては思い出残る

技師たちの凜々しき顔に憧れて働く意欲今日も漲(みなぎ)る

鉱山の現場働く若き技師金産出日の本一よ

活気満ち鉱山動く塊よ誇りを胸に金山支え

父亡くし途方に暮れる乙女心絶望の淵さまよい続け

われ思う父の足跡偉大なり親の姿を振り返り知る

長女家庭支えて残業父の存在亡くして知るぞ

佐渡おけさ蓑笠浴衣輪になって鉱山祭り相川の町

三味鳴らし芸者衆山車に乗りひときわ華が咲き乱れけり

鉱山（やま）あげて鉱山祭り一色（いっしょく）イルミネーション輝き光る

着物着て祭りの舞台弥次喜多を皆と演じる恥ずかしさかな

我れひとり写真現像数百暗室通う一月（ひとつき）の日々

鉱山の狭い暗室通いつめ定着液浮かぶ映像

道遊の割れど見つめて幾年よ通いつめたり佐渡の金山

戦争体験

（佐渡鉱山時代）

暗黒の大東亜戦争勃発し国防婦人千人針を

佐渡島こんな小さな島からも徴集され命奪われ

（相川中山峠）

先頭の旗持たされて行進す後方旗振り汗かき遅刻

この命生死別れる赤紙よ天皇陛下万歳と散る

青年は夢捨て去って戦(いくさ)へとお国のために命捧げん

鉱山の若者多く戦場(いくさば)へ無事に生還数えるばかり

絶叫息子の身体母見ては手足がなくて絶望の涙

Ｂ29長岡の町火の海に爆弾投下逃げ惑う民

灯り漏れ管制統下怒鳴られる押し入れ隠れ爆音遠く

（知人鈴木学氏）

軍艦に敵機爆弾命中海に飛び込み命救われる

戦争の悲惨さ語り反戦を日本の未来平和に託し
疎開先小千谷の実家母ひとり防空壕に身を寄せて

（目黒）

東京夫の実家空襲不発弾にて命救われし
焼け野原木端みじんに壊滅す明日の東京途方に暮れて
小千谷にて玉音ラジオ耳にして終戦知り胸なで下ろす
命がけ大陸からの引き上げ者よ命からがら祖国へ戻る
戦後時に流言飛語飛び交ってロシア侵攻殺されるぞよ
子ども連れ渋谷闇市食求め明日の命を闇市求め
駅前に傷兵者皿を置きアコーディオン悲しき調べ
松葉杖目には眼帯痛ましく町ゆく人に募金募（つの）って
人民を苦しみさせて誰のため世界大戦繰り返させず
平和とは戦争のない世の中よ笑顔溢れる明るい社会

新宿時代

三人の子供を連れて新生活目黒離れて新宿へと

新家屋心新たに出発希望抱えて夢を子供に

幼稚園子ども通わせ夢託すしかれど挫折子の不登校

子育ての難しさ知る若い母失敗重ね成長知る

子供らを無事育てての卒業試行錯誤の泣き笑いかな

若さとは恐れを知らぬ力だし自分を信じ猪突猛進

正月

火消(ひけし)達代わる代わるに梯子乗り見え切る姿日ノ本一よ

羽根突きを我が家の庭でカチカチと子らの喚声明るい響き

凧揚げを箱根山にて子らと共幾つもの凧天高く舞う

初詣明治神宮手を合わせ家内安全平和の願い

お年玉目を輝かせ覗き込むにっこり笑顔楽しき年賀

ポストから年賀状の束抱え心弾ませ我が家の炬燵

初雪や我が家の庭に降り積もる樹木白く雪の化粧

雪だるま転がし作る子供たち玄関先で目鼻口入れ

獅子舞師玄関入り踊り出す子供の頭ガブリと噛んで

庭に咲く細木の枝に梨の花今年もけなげ四月十一日

総檜贅の極みの新宿家屋裏腹悲惨な家庭

束の間の平和な暮らし過ごせども波乱人生長きにわたり

人生が納得すればそれでよし不条理ばかりまかり通る

義理たてて見合い結婚誤算なり我振り返り無知の知を知り

酒乱よ忍耐過ごす二十年家族巻き込み地獄絵を見る

誰のため耐え忍ぶかは子らのため夫（つま）と対峙しわれ生き抜かん

酒呷り酒に崩れてみじめなりこれがわが夫（つま）ああ情けなし

酒飲まず煙草を吸わず真面目夫（つま）何時から暴れ崩壊家庭

経営の一角担い有頂天総括せずに本能走る

芳町芸者遊び飽きもせず歌舞伎観劇夜の宴会

学業優秀なれどこの始末何時から狂う酒乱の日々

酒抜けて別人のごと我が夫（おっと）あの勢いは今何処かな

我が夫酒入れねば平和な日長く続かぬもどかしさかな

山深い温泉宿に出かければこの優しさははて何処から

子も抱かず教育せずマイペースこれが我流反面教師

家族連れ海水浴や映画館人並み戻る安息の日も

姉弟（してい）連れ野球観戦出かけるが会話少なく孤独の夫

耐えられず娘と家出郊外へ半年余り離れて暮らす

忍び寄る夫の病進行す酒浴びるほど飲んだつけなり

滅びゆく夫（つま）の肉体見るたびに愛おしきなり家族の絆

風呂に入れかぼそき背中流すたび積年の苦労洗い流して

よちよちと家の中歩き目優しく闘争心は何処(いずこ)彼方に

往年の勢い消えて静寂失われし二十年を返して欲しい

今ならば許せることが可能だと思えることが夫婦なのかと

不思議かな夫婦の亀裂今何処これが夫婦の歴史の重み

人生に終止符打つ生きざまはこれで良いのか家族の想い

人生を取り戻せない後悔も新たに生きる命の力

小説夫(つま)いればこそ誕生波乱人生本に書き留めん

海外旅行　（昭和五十年代から平成）

（パリ）

海外へ幾度訪ねて思うこと親連れ旅する子への感謝

羽田からタラップ昇り機上へ雲海の上一気に飛行

フランスでパリ市民迎え親子展異文化越えて日仏友好

芸術国境超え伝承真実ひとつ心通わせ

エッフェル塔歴史の重みひしひしと展望からのパリの街並み

セーヌ川ゆったり流れ岸辺立つ川面に浮かぶノートルダム寺

シャンゼリゼ人で賑わう街角のパリの都はお洒落な街

パリの街ロダンオルセー駆け巡り街全体が美術館かな

ルーブルを一日かけて鑑賞名画名品我が手の中に

ホテルから小窓覗けば名画なり朝日に当たるパリの横顔

枯れ葉舞うプロムナードの晩秋コートの襟に落ち葉舞い散る

セーヌ川ナイトクルーズ子供らとグラス傾け影絵の世界

メトロでは若者たちが音楽をサックス吹いて小銭を貰う

黒人の若い女に目が映るファッショナブルこれぞパリかな

さりげなく美意識高く美しいパリの伝統今日も生きん

フランス語飛び交う言葉歌のようプライド高きパリの人々

ＣＡのエールフランス気品よくエレガントさが身にまとうかな
日本から遠く離れて異国の地世界は広く未知限りなく

（イタリア、スイス）

イタリアの皮革製品魅せられてブランド品を娘と求め
工事ゆえトレビの泉水はなく背中向けてはコインを投げる
イタリアは色の手品師鮮やかに人の心を摑んで止まぬ
免税屋時計求めて物色目利きの娘ロンジン手にし
スイスでは旧市街に魅せられてヘンリー・ムーア博物館へ
風吹いてレマン湖揺れてかもめ飛ぶスイスの幼児我に餌与え
舌鼓スイス料理子供らと異国の味に思いを寄せて
ＴＧＶ客室には我が家族貴婦人一人読書耽る
モンブラン最高峰にケーブルで氷の山に囲まれ対峙
子供たち果敢に英語話しかけ通じる英語頼もしきかな

（タイ、シンガポール、マニラ）

ホテルから荒城の月流れ来るピアノ演奏母国を偲ぶ

タイシルクスカーフタイと土産品日本の友にプレゼントして

レストラン若者たちが給仕士カメラ向ければ男女の群れ

風を切り銀輪走るシンガポールスピード上げて街並み飛んで

リサールの夕陽眺めてマニラ湾恋人たちが寄り添うオアシス

（香港）

香港の本場中華舌鼓夜景の美観オードブルかな

英国の色濃く残る香港二階建てバス街を駆け巡り

偽物を摑まされぬと目を凝らす高価買い物用心しきり

香港の街の看板大きくて道路はみだし商魂かな

長竹に洗濯物をベランダに国旗の如く風に吹かれて

（ハワイ）

柔らかなハワイの風にハイビスカス太陽受けて常夏の島

フラダンス腰を振り振りハワイアン本場の踊り南国ムード
憧れのワイキキビーチ期待が外れ海辺の汚れ美観何処へ
サンセット船を浮かべてハワイアントロピカル飲み小舟に酔って
ホノルルのバスに揺られて美術館観光客誰一人なく
ハナウマ湾熱帯魚の群れ多く息子潜って魚たわむる

（韓国、台湾）

韓国で娘の本が書店へ書棚並ぶ詩集二冊
いつの日かここで朗読はじめたい日韓絆永遠に結ばれ
ソウルにて韓国料理辛過ぎて手が伸びるのは和食ばかり
お土産に高麗人参買い求め朝鮮海苔友に与えん
台湾で黒ダイヤ買い胸当てる胸の輝き黒光りさす
故宮の博物館に足運び美術品の贅を楽しむ

所沢

新宿半世紀住み別れの日あゝ所沢苦渋つのる

慣れるまで十数年所沢住めば都というけれどもよ

家族展朗読会と華やかに所沢の地思い出残し

娘佐知同居してた所沢思い出探し回想めぐり

ＦＭで我が小説佐知朗読二年の歳を最後の仕事

親のため命の限り朗読す最後の勤め孝行娘

告知せず癌と闘い四年半よくぞ闘い最後を迎え

わが家へとよくぞ生まれし感謝す保子魂忘れず生かす

娘の死夫（つま）より早く六十やり切れぬ影残像残し

愛娘（まなむすめ）我が弟妹（きょうだい）皆亡くし息子二人に見守られて

流転かな小千谷皮切りいわき迄東京には半世紀越え

いわき

浜通り息子の家が終の棲家山河や海に囲まれ生きて
避難して東京から二年過ぎ原発事故の恐怖消えず
塩屋岬太平洋の白波受け灯台の灯よ今日も灯る
太陽と緑と海に囲まれしポートランドの小名浜港よ
岸壁に漁船の群れ停泊し大漁旗潮風に揺れ
釣り人が糸を垂らして魚待つさざ波寄せて強く糸引く
湯の岳はいわきの町を見下ろして今日も雄姿青空の中
海の傍アクアマリンよ津波受け不滅の力水族館に
小名浜は貿易港と名を残し世界各地の物資を運ぶ
天高くクレーン伸びて貨物船コンテナ吊り上げ港へ運ぶ
かもめ舞う小名浜港に夕陽射す海面輝く黄金の波に

丘に建つマリンタワーが夜空へとブルーライトに浮かんで光る

小名浜の湘南台眼下には町並み望み遠くに山河

我ひとり都離れて幾年もいわきに住んで晩年の地か

観光地いわきに遊ぶ贅沢さ湯本温泉湯煙の町

百二歳いつまで生きむこの命子に見守られ明日(あす)を生きなむ

大正昭和を生き平成と令和を迎え永遠に生きなむ

第三章　随筆

翻訳

　ある日の朝、一本の電話がいわきの自宅に掛かってきた。電話口に出たのは、息子の佑季明だった。息子の声は弾んでいた。何か朗報でも舞い込んできたのかしら？　と、私の部屋で耳をそっと傾けていた。電話を終えると、息子は私の部屋に来て、「お母さん、おめでとう。お母さんの全集『田中志津全作品集』が、新潟の図書館で、上・中・下巻の全巻が、点字訳されているという話なんだ」。私はどなたからの電話だったのと尋ねると、「新潟の親戚の藤澤さんの奥さんからだよ」。思いがけない知らせに、喜びを隠せなかった。藤澤さんによると、盲目の小千谷市出身の老婦人が、三巻とも全部読んで下さったそうで、小千谷出身なので、小千谷を舞台にした『信濃川』が特に興味をひき楽しく読ませて頂いたと話していたという。誠に有難いことである。目の不自由な方々にも、私の全作品を読んで下さると思うと、胸が熱くなった。まさか、私の全集全巻が点字訳本となるとは、夢にも思っていなかった。図書館関係者には、厚く御礼を申し上げたい。私にとっては、大変名誉なことであり、光栄に思っている。作家冥利に尽きる。改めて、全集に収載されている作品の数々の思い出が、走馬灯のように私の頭に蘇ってきた。ひとつひとつの作品は、私の子供のようなものであり、また魂でもある。この年齢になるまで、執筆を続けてきて、本当に良かったと痛感している。それも、健康であればこそ作家活動が、続けられた訳である。皆様に感謝申し上げたい。

この点字訳本は、「新潟県視覚障害者情報センター」（元新潟県点字図書館）に所蔵されている。この点訳本は、二〇一七年十月に完成された。「紙媒体の点字資料」として、視覚障害のある方に貸し出しサービスも行っている。

次に、翻訳と言えば、娘の田中佐知（保子）が、韓国で二冊の詩集本をバベル・コリア社から刊行している。『見つめることは愛』と『砂の記憶』である。佑季明は、韓国では、詩人の評価が高いということで、韓国での出版を決意した。二〇〇八年、私と息子たち（兄・昭生と弟・佑季明）三人で韓国を訪問した。出版社の女社長及び女性の翻訳者二人（教授、エッセイスト）に、ソウルのロッテホテルで面会した。彼らは、わざわざ日本からの訪問を、とても喜んでくれた。私たちは、ロッテホテルで会食を共にして慰労した。その後、ソウルの大型書店二店舗を、タクシーに乗り訪問した。昭生は、店員に英語で娘・佐知の本が、何処に配置されているか場所を尋ね、娘の本二冊との出会いが叶った。棚に並べられた本を見て、娘が生きているような錯覚に陥った。娘の佐知が生きていれば、どんなに喜んでくれたことであろう。至極悔やまれた。娘が健在であれば、アジア詩人会などのルートを通じて、娘の自作詩を韓国で朗読したかったであろう。だが、こうして、韓国の地で本が販売されている現実に触れ、親子で感動を共有した。

ソウルの夜の灯りが煌めく、ホテルのレストランで、親子で祝宴をあげた。グラスの中の酒に、幻影として微笑している、我が娘・佐知が、揺らいでいるように見えた。ソウルの夜は、深く静かに更けていった。

日本でも、韓国大使館へ、この二冊の本を寄贈させて頂いた。大使館員より、「館員はもとより、来館者たちにも、本を閲覧できるようにします」と、暖かいご協力のお言葉が手紙に認められていた。ご理解とご協力を頂き大変感謝している。子供たちも、大変喜んでいた。

ある年、福島県いわき市立草野心平記念文学館に於いて、ある催しで、韓国の女子高校生が、娘の『田中佐知絵本詩集』を韓国語で朗読したことがある。韓国語の朗読の音楽のような響きが、とても印象に残っている。

この絵本詩集は、田中佐知（詩）、南高彩子（画）、南高えり（訳）による作品だ。この詩の中のベトナムは、英語で翻訳されている。

娘はかつて、外国の小説の一節を、英語翻訳したことがある。翻訳者からも褒められるほどの出来栄えだったようだ。後に、映画化され、ヒットして、娘もロードショーを鑑賞に行ったようだ。

また、フランスで「親子三人展」をエスパソ・ジャポンで、一九九三年九月八日―十五日まで開催した。企画は、息子がパリに飛び実現させた。

私は「私の人生と小説」をテーマに講話した。スタッフの山本道子さんの流暢なフランス語で、同時通訳された。私の波乱万丈な生活を、熱を込めて語り、観客たちの涙を誘った。

娘は、自作詩を日本語で力強く朗読した。レジメのフランス語の詩を、観客達には、予め渡していた。フランス語は、上智大学を卒業した娘の友人が、翻訳して下さった。佑季明はラジカセで、ショパンのピアノ曲をBGMで流していた。娘の朗読が終わると、観客席から、トレヴィアンの声が、鳴り響いて止まなかった。感動を覚えた。娘は異国の地で、パリジェンヌたちに日本の心・詩が理解され伝わったことを、とても喜んでいた。

佑季明は、油絵、水彩、写真などを展示した。写真集『MIRAGE』の装丁画を、佑季明が水彩で描いていた。その原画も展示していた。若いパリジャンは、是非販売してほしいと執拗に息子に要望していたが、今回は全品非売品扱いで、パッキングリストを税関に申告しているので、お断りしていた。

初の海外での催しも、翻訳者を通じて、実り多い企画となった。成功裡に企画展を終えてほっとした。帰国後、朝日新聞の取材を受け報道された。

また、娘の絵本詩集『木とわたし』が福島県県立あさか開成高校の読み聞かせグループ「オイガ」によって英訳された。フィリピンの幼稚園児や小学校で、彼らが英語による読み聞かせを行い、新聞にも報道された。「オイガ」は読み聞かせ部門で、文部科学大臣賞を受賞している。日本の高校英語の教科書にも、彼らの活動内容が紹介されている。子供たちが『木とわたし』の絵本を抱えている写真が、新聞に掲載されていた。

二〇一八年四月四日付けの、中国の国民的週刊誌『中華読書報』に、日本の高齢作家・田中志津として私が紹介された。私の履歴を詳しく報道して頂いた。また、詩人の娘・佐知や作家・佑季明のことに迄触れている。中国の人たちに、私たち家族のことを知っていただけることは、とても嬉しいことだ。

実は、この報道は、当時、国立愛知教育大学大学院教授・時衛国氏（現在中国・山東大学教授）が関わっている。息子の佑季明が、日本ペンクラブの懇親会場で時教授と出会い、私の「田中志津執筆の系譜」などの本を寄贈させて頂いた。私ども家族のことも、佑季明を通じてご存知だった。時教授は、日本の作家たちの著書を数多く翻訳して中国に紹介している。

いつの世でも、人との邂逅は、大切にしたいと思う。時教授には大変感謝している。

現在、中国で国際シンポジウムを開催する予定でいるという。今、当局に申請許可を提出しているそうだ。息子は、シンポジウムに中国へ招待されている。講演も依頼されているようだが、テーマも未定である。佑季明は早期の連絡を待っている。

以上述べてきたように、日本語という一言語に留まらず、英語、韓国語、フランス語、中国語などによる翻訳によって、他国の人たちとの文化・芸術などの交流が計られ、理解を深められることは、とても素晴らしいことである。各国とのコミュニケーションにより、相互理解と平和が得られれば幸せである。

二〇一九年六月十六日いわき市の自宅にて

りんご

私は、時々いわき市小名浜にあるデイサービスやショートステイを利用している。

本来、私にとって一番、ベストなことは、自宅で息子の佑季明と過ごすことなのだ。誰にも気を遣わずに、自由な時間を過ごすことが出来るからだ。要するに、人付き合いが、苦手なのだ。大衆の前で、よたよたとした、みじめな姿を晒したくはない。しかし、私の我儘ばかり通す訳にはいかない事情がある。それは、息子が時々、東京へ出かけることがある。足の不自由な私を、ひとり自宅に残すことが出来ないのである。薬の管理、食事、トイレ等々諸問題が山積してある。以前の自分であれば、一人でできたことが、百二歳ともなると困難となってしまう。今まで出来たことが、出来なくなることほど、残酷なことはない。過去にいわきで、息子の留守中に転倒して、救急車で運ばれたことがある。くるぶしの骨折だった。その他、留守中での小さな怪我や転倒はよくある。大事に至らなかったのが、せめてもの幸運である。

息子は、外から帰宅すると、開口一番「只今！お母さん、どこにいるの？」が第一声である。自分の部屋で、机に向かって、本や新聞でもじっと読んでいてくれれば安心なのだが、遠く離れたテレビ室や、簡易トイレを使用せず、手すりを使って、おぼつかない足取りで、トイレに入っていると叱られる。また台所で片付け物をしていると、大きな声で叱られる。「転倒したらどうするの！お母さん。まな板や包丁が落下して、大怪我をしたら大変なことになってしまうよ。こういうことは、もうしないでよ。お願いだから！」と叱責される。忝い。私を気遣ってくれればこその言動だろうが、私は台所の後片付けが、中途半端で乱雑になっているのが、とても気になるのである。

昨年あたり迄は、自分でそこそこ整理も出来ていた。自分が年々歳々年老いて、不自由な身体になってゆくことが情けない。寄る年には敵わない。

息子には、心配をかけて申し訳なく思っている。いつも感謝の心は忘れていない。

ショートステイは、いつも一泊二日だ。宿泊する時は、息子が、日本文藝家協会や日本ペンクラブの夜の会合に出席する時、出版社訪問、大学の同期生に会いに行く時、銀座の画廊や友人の個展などを見に出かける時に限られている。可哀相なものだ。

息子の海外旅行は、退職後に中欧（ハンガリー、チエコ、オーストリア、スロバキア、プラハなど）、ロンドン、グアムに行った限り、ここ七、八年出かけていない。その当時九十代は、私は一人で食事の支度や買い物、掃除洗濯が曲がりなりにもできた。

息子はここ何年も私に気を遣って、極力東京への上京や、海外旅行を避けてくれている。

私はデイサービスも週一回出かけている。息子は、週一度は、朝から晩まで、自由な時間を持っている。留守番の私に気を遣わず、安心して、銀行、郵便局、買い物、雑用や市内のギャラリーめぐりにも行ける。たまには、湯本温泉で、ゆっくりと、旅館で休憩する時もあるようだ。私と四六時中一緒だと、心が休まることもないであろう。

息子は自分の仕事（創作活動など）の他に、私への薬の管理、料理、トイレ、入浴と結構大変だと思う。多分、ストレスも溜まっているのだろうが、私と違い、余り愚痴をいわない息子である。感心している。

時々、気分を変えて、息子と近くの海や山にドライブに行くこともある。遠く旅行に行かなくても、自宅の湘南台の裏には山がある。浜通りには、雄大な太平洋の海が広がる。世界貿易港の小名浜港もある。またホテルでの食事や外食産業での食事も定期的にとるようにしている。息子への負担をこうして軽減している。

ショートステイやデイサービスでは、スタッフが、よく私の面倒を見てくれる。薬や食事の世話、入浴まで看護師の手を借りて、大変有難いとも思っている。施設では、高齢の利用者たちと、レクリエーションの一環で、歌を歌うこともある。そうした中、絵の時間もある。私は元来、絵は苦手なのである。弟の弘は、プロになっても良いと思われる程に絵が上手い。姉弟でも、これだけ才能の開きがあるものかと呆れてしまう。だが、施設で今回描いた「りんご」の絵は、私が描いたとは思えぬ程の出来栄えだった。人からすれば、ごく一般的の絵と思うであろうが……。

絵葉書サイズのリンゴの静物画である。とても気に入っている。絵心の無い私だが、時にこのような奇跡を、神は与えてくれる。

息子が、額を購入してきて、家では額に入れて飾っている。

りんご可愛や可愛やりんご。

トンビ

三橋美智也の歌に、こんな歌がある。

夕焼け空がマッカッカ
とんびがくるりと輪を描いた
　ホーイの　ホイ……

歌の文句にあるような光景が、ここ、いわき市の高台のわが家でも、見ることが出来る。都会暮らしだと、なかなか見られるシーンではないと思う。時々、七、八メートルあろうか、家の前のコンクリート製の電信柱のてっぺんに、空から舞い降りてきた、トンビが止まっている。時々、ピィーピョロ、ピイーヒョロロと鈴が鳴るような綺麗な声で鳴いている。鷹かトンビか見ただけでは、素人にはその判別がつきにくい。だが、その鳴き声で容易にトンビであることを認識することが出来る。鷹とトンビの違いは、鷹は全長五〇―六〇センチぐらい、足が短く足が太い。トンビは鷹より大きく八〇―一〇〇センチぐらいと言われている。足と尾が長い。私は単独で鳥を見ただけでは、トンビか鷹であるか瞬時に見分けることが出来ない。鳴き声で判別するしかない。

ここで面白いことに、二羽の鳥には、それぞれことわざがある。

「トンビに油揚げをさらわれる」「能ある鷹は爪を隠す」。日常生活を送るに当たって、時々使われることわざでもある。

電信柱のてっぺんに停まっているトンビに、カラスが二羽、下から突つく仕草をしている。

その場所を離れろという意思表示だ。そこには、トンビとカラスの絶妙な距離間がある。トンビは、上からカラスを見下ろしているが、その場を離れて逃げようとはしない。トンビの方が大きいのに、カラスは勇敢に挑発する。トンビも一気に上から襲い掛かれば、簡単に勝負はつくと思うのだが、勝負に出ない。どちらが先に仕掛けるのか見ているが、双方闘いの気配は見られない。無駄なエネルギーは使いたくないのか？　よくわからない。しばらくすると、カラスは諦めて、どこかへ飛んで行ってしまった。彼らにも、生きるが為の、縄張り争いがあるのであろう。

息子は庭に食べ残した焼き魚の頭や、身を皿に入れて置いておく。また、食パンを細かく大きな皿に入れておくと、翼を大きく広げたトンビが、どこからか舞い降りてくる。部屋の中から、間近で見るトンビは、不気味な程、大きくて恐ろしい。こちらを警戒しながら食べている。硝子戸一枚越しの三、四メートル程の距離だ。目は鋭いようだが、どこか可愛らしくも見える。魚の頭を足の鋭い爪で、しっかりと押さえ付けて、鋭い嘴で食べている。パンも嘴で蹴散らしながら、勢いよくダイナミックに食べている。そこへ突然、黒い物体が急降下で、トンビめがけて降りてきた。カラスだ。カラスは、トンビの餌を狙って襲撃してくる。トンビは大きな翼を広げて大空へ飛んで逃げてゆく。その後を、カラスが黒い羽根をばたつかせながら、追いかけてゆく。私の視界から、二羽の鳥は遠くへ消えていった。

ドラマチックな展開が繰り広げられてゆく。

自然界に生きる動物たちの生態を、窓辺からひとり、間近で観察しながら、私は今日も生きている。

病院通い

百二歳ともなると、身体に変調をきたすことが多くなる。今年、夜中の二時ごろ、急に胸が締め付けられるような痛みが走り、慌てて、横に寝て居る息子を起こして、急患で掛かりつけの看護師に自宅まで、来てもらうことがあった。血圧が一九〇もあるが、体温、脈拍は正常で、三十分ほどで落ち着いた。今回初めての経験だった。その時、胸の痛さが長く続いていた時に思ったことは、「未だ死にたくない」と生への執着を息子に告げていた。「まだまだ大丈夫だよ。お母さん」と力強く勇気付けてくれた。同居している息子は、いるだけで心強い。いつも私の心の支えでいてくれる。

後日、心電図、レントゲン、血液検査などを、受診するために病院を訪問した。後日、医師が自宅の定期訪問時に、結果が報告されることになっている。緊急を要する時には、即対応してもらえることにはなっている。

また、別の日には、鼻から大量の出血が出て、止まらない。凄い量だ。これも初めての経験だった。何か事態が起こる時は、大体夜か深夜が多い。皮肉なことに、それも土曜日か日曜日と最悪だ。そのたびに、息子に救急車を呼んでもらい、病院に付き添ってもらう。

東京に五年間、避難していた時も何度となく、救急車のお世話になった。左大腿骨の骨折で、三か月杉並の病院へ入院。息子は、毎日、雨の日も風の日も、中野から杉並迄自転車で二十分かけて見舞いに来てくれた。既に会社を退職しているので、時間が取れるのだろうが、それにしても、私を元気づけてくれる親孝行の息子である。いつも感謝の心は忘れていない。

私は年を重ねるごとに、体力も弱り、心が折れることが多くなってきた。私の弟や妹も亡くなり、兄弟は、姉の私一人が生き残っている。最愛の娘・保子（佐知）もいない。友人、知人たちも、私より若くして、一人、二人、三人と他界して逝く。とても寂しいものである。己の身体の衰弱と、物忘れ、知り合いの死などが重なり、もの寂しさや悲しさが、身に纏(まと)いつくことがある。最近は特に大家族でいた頃が、良かったと思うことがある。子供も一人亡くなり一人離れ、今は次男と二人だけの生活だ。夜の暗闇に包まれている中で、孤独や心細さが、私を襲うことがある。

だが、強く生きなければいけないと思う。

次男は、私の体調が悪くなると、病院へ適宜連れて行ってくれる。主治医はいるが、内科の医師で、月一度の訪問だ。週一度はリハビリと訪問看護師が来てくれる。健康管理の面でも、とても助かっている。だが、専門以外での治療は、やはり専門医に診察してもらう。息子は足の不自由な私を、車椅子に乗せて連れて行く。最近は、自家用車の乗降も容易ではない。息子も腰痛治療をしているので、あまり無理もさせられない。そんな中、眼が悪くなれば眼科へ、歯が良くないと言えば、歯科・口腔歯科へ、皮膚科だ、耳鼻咽喉科、整形外科だと忙しく東奔西走している。私の身体はまるで、病気の総合デパートだ。だが、お陰様で治療の効果もあって、それなりに完治している。医療への感謝も忘れまい。

各専門医院は、街中にそれぞれあるので、場所がそれぞれ異なる。私の身体は、よくぞここまであちらこちらに支障が出てくるのだろうか？自分自身でも厭になってしまう。一言で言えば、その原因は加齢だ。年齢のせいだろう。百二年も生き続けていれば、オーバーホールをして、パーツを変えなければなるまい。機械ならば容易に可能であろうが、生身の身体だと、機械のようにはいかないものだ。血もあり肉もあり神経、感情がある。

健康には、充分留意しながら、生きて行かなければいけないのだろう。だが、一日を振り返ると、朝起きてから寝るまで、テレビを見ながらコクリコクリと居眠りをすることはあっても、ベッドで休むことはほとんどない。息子の生活スタイルに引きずられて、生活している。従って、就寝時間は、夜の十一時を回ることが多い。息子と今後のことを含めて、いろいろ雑談をしていると、すぐに時計の針は十二時を過ぎている。百歳を超えて、若い時と同じような、ライフスタイルをとっているのは、健康に良くないだろう。息子も早寝早起きを推奨している。最近は、幾らか早寝早起きを心掛けている。

果たして、私はどこまで生きるのだろうか?私には分からない。私のある出版パーティーで、志茂田景樹氏に「死ぬ三十秒前まで書いて下さい」と言われたことがある。

生きている以上は、人に迷惑をかけないように留意しながら、充実した人生を送りたいものである。

旅に行かずとも

今まで、どれだけ多くの旅に出かけたことであろうか?　家族で、国内・海外と楽しく旅したものだった。それぞれの土地や、国の数だけ、思い出がある。

旅は日常を離れ、新たな発見と刺激を与えてくれる。海外旅行は、香港、マカオ、台湾、韓国、フィリピン、タイ、シンガポール、ハワイ、イタリア、フランス、スイスと各国を訪問した。私の随筆集『年輪』（武蔵野書院刊行）などにその時の様子を執筆している。

また、三十一文字の短歌にも、コンパクトに素描した。自分の実力を棚に上げて言うのも烏滸がましいが、短歌は、短い文章の中に世界の広がりを持たせて端的に表現できるツールとして、優れていると思う。

印象に残っているうちに、書き留めておかないと、旬な短歌は生まれない。新鮮で匂い立つような、薫り高い作品が生まれれば良いのだが、なかなか満足のゆく、思うような作品が生まれない。特に高齢者になると、悲しいかな、加速度的に記憶が忘却の一途を辿ってしまう。その点、写真などは、有効な記憶を蘇らす手段であろう。忘れかけていたその土地のことなどを、鮮明に思い出させてくれる。しかし、カメラが、どんなに科学技術で発達しようとも、現実の人間の眼が写し出す生の風景等には、勝つことができないであろう。人間の持つ眼と、カメラの持つ眼とでは、根本的な差異がある。対象物を生の眼で捉えて、見つめる眼。その視線の先には、人間だけが捉えることのできる感情を持った人の感性や心が宿るものだ。従って、それぞれの特性はあるものの、特性を生かした活用が必要であろう。

私は、国内旅行は、北は北海道から、南は九州、沖縄まで各地をいろいろと訪れた。訪問していない土地は、四国などを残している。だが、この年齢になると、改めて旅行に出かけたいとは、なかなか思わない。否、行きたくても体力的に難しい。折角、温泉へ出かけても温泉にも足腰が悪く、安心して入浴が出来ない。風呂場での転倒が怖い。身障者用の風呂場が備わっているホテルや旅館も探せばあるのだろうが、その気力も意欲もない。

令和になって、初めて、生まれ故郷小千谷を家族で訪問した。それは、私がある程度動けるうちに、ふるさとを尋ねてみたいことを次男の佑季明に話したことがある。次男は実行力のある男で、それでは、五月の連休明けの十四日から十六日までの二泊三日で計画しましょうと言うことで予定を組んだ。次男も若くはないので、私の面倒を、旅行中にひとりで世話をすることも大変なので、茨城に居る兄・昭生を呼び三人で、旅に出た。若い時に、両親や、兄弟と共に過ごした故郷は、やはり一入思い出が深い。当時とはだいぶ街並みは変わってしまったが、それでも町のあちらこちらに、昔日の面影が覗く。

この度は、私の文学碑を船岡公園に建立してもらった、石政石材工業へ挨拶に伺った。また翌日には、五月晴れの中、親戚の新築の家や地元新聞社、図書館、増川家先祖代々の墓のある成就院への墓参り、そして小千谷小学校へ向かった。昨日からの強行スケジュールのため、校長・岡村先生への表敬訪問は、次男が校長室を訪れるだけで済ませる予定でいたが、校長先生は、学校の外に駐車していた車までわざわざお越しいただき、挨拶され恐縮した。やはり故郷を訪れて、ゆかりの人たちとお会いできることは、大変嬉しいことである。小学校を後に、私の文学碑が建立されている船岡公園に車を走らせた。午後の柔かな日差しを浴びて、文学碑はひっそりと私たちを迎え入れてくれた。果たして来年はこの地を訪れることが出来るであろうかと、ふとそんなことが頭を過った。しばらく船岡公園を散策した。昔、ここで遊んだ思い出や、両親のこと、弟妹のことなどが思い出される。父方の先祖は、この地で十一代続いた縮問屋商「増善」であった。小千谷の地に、私の文学碑が建立されたことは、両親初め、ご先祖様も喜んでくれていると思う。そう信じたい。

午後四時前に、新潟から福島へと向かった。小千谷から一気にいわきへ戻ることは、厳しいので、磐梯熱海温泉で一泊して、翌日いわきへ帰ることにした。磐梯熱海温泉に宿泊することは、正解であった。思いのほか、いわき市から小千谷への距離は長かった。運転もしないのに疲労感はある。運転している佑季明は文句も言わずによく車を走らせている。隣に座っている兄は弟に気を遣いながら、珈琲や眠気止めのガムなどを差し出している。

磐梯熱海温泉で親子水入らずで、久し振りに宴を持った。子供たちは、美酒に酔い海の幸、山の幸に舌鼓しながら、親子でゆっくりと時間をかけて談笑した。

湯煙の立ち上る温泉宿は、ひっそりと私たちを迎え入れ、旅の疲れをとってくれた。

翌朝、温泉宿の前の山には、霧が立ち込め、ゆっくりと流れていた。

十時前に宿を出て、常磐高速道路でいわきへ向かった。総走行距離六六〇キロの旅だった。東京から名古屋までの、片道三〇〇キロを超える。子どもたちの協力なくして、今回の旅は実現しなかった。私も百二歳にもなってよく出かけたものだ。車と車椅子と運転手がいれば、何とかなるようだが、流石佐渡への旅は海を渡りゆくのだから、残念だが無理であろう。

旅は長い人生に似て、いろいろな顔を見せる。いぶし銀に光る線路の遥か彼方には、終着駅が霞んで見える。

田中佑季明編

第四章　随筆

家族の肖像

母・田中志津は、日本文藝家協会に四半世紀以上所属している。百二歳を迎え、遅筆ながらも今年『百一歳命のしずく』を刊行予定でいる。全集含めて小説、随筆、短歌などを刊行してきた。NHKでドラマ化され、また映画会社との盗作問題で世間を騒がせたこともある。今でも「筆を執りこの人生を書き留めん書くことだけが我が命なり」と短歌を詠み、「言葉とは、私の分身であり歩きだす言魂でもある」と説く。文学への熱き情念は揺るぎないものがある。富士霊園にある日本文藝家協会の「文學者之墓」にも生前登録している。また、僭越ながら、文学碑が佐渡金山（佐渡金山顕彰碑）、小千谷（生誕の碑）、いわき（母子文学碑）に建立されている。いわきには、母、姉、私の三基の碑がある。

亡き姉、詩人の田中佐知は、今年生誕七十五年を迎える。没後、稀有なことだが、詩集、随筆、遺稿集、全集、写真随筆集、絵本、朗読会など多岐な分野に作品を発表してきた。姉は「詩を書く者は、わが内なる声、万物の言葉にならない言葉をすくい上げ、心を通わすことが使命のように思われる」と語っていた。今年で十六冊目の本を刊行する。昨年、森山至貴先生（現・早稲田大学准教授）作曲により、詩が組曲「鼓動」として混声合唱団により発表された。今年も各地で演奏会が開かれる。

姉は生前、日本文藝家協会への入会を希望していたが、永眠の為に、その願いは叶わなかった。しかし、私が姉の無念さを晴らす訳ではないが、会社を定年退職後、日本文藝家協会と日本ペンクラブに所属した。退職後の遅い文学への出発である。

今年、詩歌集『うたものがたり』、随筆・小説『それから…』、共著を含めて十一冊の刊行となる。執筆に当たっては、年齢を重ねているので、焦燥感もあり、常に時間との闘いを意識している。親の介護と重なるが、代表作を早期に誕生させたい。

文学の合間には、油絵、写真などの個展を開催して、平凡ではあるが、充実した人生を送りたいものである。

＊「文藝家協会ニュース」二〇一九年六月号「会員通信欄」に掲載されたものに加筆。

寺山修司

天才寺山修司を語ることは、凡人の私には恐れ多いことだ。

だが、寺山の作品は私を魅了して止まない。寺山の作品に初めて出会ったのは、昭和四十六年に刊行された『書を捨てよ、町へ出よう』だった。この本は、私が大学を卒業して一年目の年だった。特筆すべきは、私が今迄見て読んだ本の中では、とてもインパクトがあり胸に刺さった内容の本であった。表紙の装丁には、横尾忠則を登場させている。時代を超越したような斬新なイラストが目を引いた。表紙カバーも面白い。煙草の煙の先に、著者の寺山修司とイラストレーション横尾忠則の名前が入っている。裏のカバーには、金髪の女が、上半身裸で右の乳房の乳首から母乳が放射状に飛んでいる（モナリザ）。表紙の折返し部分にも、海と青空を背景に、身体の無い透明人間の上半身には、赤いブラジャーと赤いパンツそして茶色のストッキングが不安定な四本の細いボルトで支えられている（下着の風景）。表紙の裏カバーにも若い女が裸でバイクにまたがり、その下には、額縁の中には、左片隅には女子高校生のセーラー服姿の絵が描かれ、寺山の上半身の写真がある。表紙カバーの裏にも四人の外国人男性とひとりの男の写真には、赤い口紅のキッスマークが男の唇に張り付いている。コラージュか？

本体の表紙も同様、発想が面白い。頭が柔らかいのだ。三日月の下には、左を向いた横向きの馬にまたがる競馬のジョッキー。馬は骨のみで肉がない。馬の腹の下には線路が敷かれ、汽車がこちらに向かっている。裏には、よく見るマリリン・モンローが、全裸で両手を耳付近に当て、セクシーポーズで水浴びをしている。

本の内容も、寺山独特の切り口で語られ、読む者の心を摑んで離さない。横尾のイラストが効果的に散りばめられている。当時神田神保町の芳賀書店から四百五十円で販売されていた。

寺山の自由奔放で才能あふれる『書を捨てよ、町へ出よう』は大変エキサイティングな著書だ。こういう本造りもありなのだと認識を深めたものだった。私は逆説的に、寺山の『書をもって町へ出よう』という感覚だった。

プロフィールも寺山・横尾共に写真入りで洒落ている。センスが良い。写真提供は、吉岡康弘。早稲田理工科卒。写真家・自殺研究家・賭博研究家という凄い肩書の持ち主だ。賭博現行犯で勾留されたり、写真集がわいせつ罪として勾留されたことがある。筋金入りの男のようだ。

寺山(一九三五年十二月十日―一九八三年五月四日)は青森県弘前市で生まれる。四十七歳で、敗血症で永眠。早稲田大学文学部卒。劇作家・歌人・演劇実験室「天井桟敷」主宰。

著書多数。詩劇でイタリア賞グランプリ受賞。映像作品もある。私の姉の詩人田中佐知(保子)が、一九九六年一月に俳優座に於いて、元岩波映画の社長諏訪敦氏と自作詩の朗読会が開かれた。その時に、同時に寺山の映画が二本上映されたことがあった。多分、一九七七年制作の「二頭女―影の映画」と同年の「マルドロールの歌」だったと思う。寺山は以前、カメラのレンズにポマードを塗り付け撮影したが、写し出された映像は、平凡なものだったというニュアンスのことを語っていたのを聞いたことがある。何事にも好奇心を持ってアグレッシブに行動する男だ。

寺山はかつて「職業は寺山修司です」と名言を吐く。また「言葉の錬金術師」とも言われていた。納得する。

寺山は、「アングラ演劇四天王」の一人と言われた。因みにあとの三人は、「早稲田小劇場」の鈴木忠志、「黒テント」の佐藤信、「紅テント」の唐十郎である。唐は私の母校駒込の先輩である。寺山の「天井桟敷」と唐の「状況劇場」はライバル意識なのか犬猿の仲のような乱闘事件があった。きっかけは、一九六九年十二月に寺山が唐の状況劇場の初テント興行時、葬式用の花輪を送ったことに腹を立て、乱闘事件が起こった有名な話がある。寺山も唐も劇団員たちが現行犯逮捕された。お互い若かったのであろう。

　私の友人に北畑正人氏がいる。彼は岡山大付属中から開成高校を卒業して、早稲田の政経を卒業したエリートである。彼が開成高校の時に、寺山修司が「ハイティーン詩集傑作選」に彼の詩「性典」が選ばれた。その後、海外の本にも外国語で彼の詩「性典」が紹介されている。彼とは、同年代である。舞台で一緒に仕事をしたことがあり、今でも付き合っている。天才寺山修司は四十七歳という若さでこの世を去ってしまった。至極残念である。

　彼の展覧会を渋谷のパルコで見たことがある。機会があれば、青森県三沢市の「三沢市寺山修司記念館」を訪問したい。

二人芝居

私の著書『団塊の言魂』（すずさわ書店刊行）の中で、シナリオ「一枚の銅貨」を二〇一六年六月三十日に発表した。

二〇一六年三月には、母と避難先の東京都中野区から、いわき市に五年ぶりに戻った。

　いわき市で何か形になるものを残そうと考え、思いついたものが、「二人芝居」と個展であった。二〇一八年にいわき市で二人芝居を公演したいと考え、地元新聞社で二回にわたり新聞広告を打った。また、いわき市の月刊誌にも広告を掲載した。ボランティアスタッフ募集！　とした。

　東京青山を舞台に、「一枚の銅貨」をめぐって、二人の男女の新入大学生が、繰り広げるラブストーリー。大学の授業を終え、青山表参道で展開する午後四時から六時までの物語である。コインを投げて、裏表を当てる遊びである。そこには五千円をＭＡＸに賭けの要素が加わる。軽快なテンポでドラマが進展して行く。

メディアに広告を掲載するが、反応がない。五万円の広告費がむなしく消えてゆく。

そこで、いわきのＰＩＴに相談して、地元アマチュア劇団を三つほど紹介して頂いた。

回答が来る前に、いわき市内の公共施設を中心に、練習場所や公演場所などを積極的に探した。結果、候補場所も何とか目途がついた。

プロジェクターを使用して、青山の風景などもストリーに沿って、写真で紹介する予定でいた。スタッフが集まれば、具体的に進展させる予定でいた。

いわきのＰＩＴを通じて、劇団に芝居の趣旨なども伝えて、回答を待ったが、こちらも反応がない。出鼻を挫かれてしまった。やる気満々であったが、笛吹けど踊らずであった。

劇団では、来年の公演予定も、既に決まっているであろう。

人生そんなに甘くはない。いわきという小さなエリアでは、東京と違い、劇団の数も少なく選択肢が少ないことも事実だ。キャパの問題かと思っていた。だが、冷静に考えると、キャパの問題以前に、そもそも劇団としては、二人芝居をすることは、二人しか出演できないわけである。他の劇団員のことを考えると、多くの劇団員に舞台にたってもらいたいのが主宰者の本音であろう。ましてアマチュア劇団であれば、尚更のことである。仕事が終わってからの練習だ。自分の出番もないのに、裏方で仕事をするだけの、価値のある作品なのかと素朴な疑問が湧くであろう。有名な作品であり、公演する意義があれば、また別物なのかもしれない。世間には、沢山の名作や話題作もあるであろう。

その他に、自分たちが、取り組みたい作品もあるであろう。

私は自分本位の考えの甘さもあったが、いずれいつか、いわき以外でも公演を実現させたい気持ちも充分にある。

だが、今度は一人芝居の一幕ものでも書いて、自分で演じてみることにするか。芝居心がないので、多分無理であろう。岸田戯曲賞でも狙いたいところである。そんな独り言を言っている私。今回は幻想の二人芝居の幕が降りた。

日野皓正

ある情報誌で日野皓正のコンサートがあることを知った。ジャズ好きな私は、ここいわきの地で、日野皓正の生の演奏を聞けるとは思ってもいなかった。

二〇一七年十一月十日土曜日、『東北復興祈念チャリティーJAZZ　CONCERT』がいわき明星大学講堂に於いて、午後五時から七時まで開催された。当初、私一人で行く予定で前売り券を千五百円で購入していた。だが、母一人で数時間家に留守番させておくことも、怪我などの突発的事故などが起きた場合、その対応を懸念した。以前私が買い物を、二時間程して帰宅した時も廊下で転倒して足から血を流していた時があった。昨年に比較して母の身体も弱り歩行も困難になってきた。

そこで、母を同行することにした。母もジャズは意外と好きで、新宿のクラブや六本木のレストランや、中野の居酒屋などでジャズを楽しんでいたことがある。家にばかり閉じ込めておくよりも気分転換のためにも車椅子で出かけることにした。明星大学の構内に入るのは初めてだった。広いキャンパスに新しい校舎が幾つも立てられ環境の良い大学で学べる学生が羨ましかった。駐車場から車椅子を押して講堂へ向かったが、途中何段もの階段があった。とても一人で車椅子を持ちあげることが出来ないでいた。すると、後ろから来た中年のご夫婦が、手を貸してくれて手伝って頂いた。人の親切がとても嬉しかった。

会場入り口から車椅子席まで係り員が案内してくれた。新しい施設では、車椅子席まで完備されている。利用者にとっては、大変ありがたいことである。

私は母と並んで簡易椅子で鑑賞することにした。会場は千四百名ほど収容できる大きな講堂だった。座席も劇場のような立派なものであった。

五時の開演前には、ほとんどの席が埋まっていた。日野を中心にクインテットのメンバーが大きな拍手で迎えられステージに現れた。ピアノ、ベース、エレキギター、トランペットの揃い踏み？である。日野のけたたましい金属音のトランペットの響きが会場に流れて演奏会は始まった。いつもながらのパワフルで繊細な演奏に圧倒された。この演奏会前の八月に、日野は東京世田谷区の演奏会で、中学生のドラマーを両手で平手打ちした事件が報道されていた。

理由は、中学生のドラムソロのパートの中で、必要以上に長く演奏したことによるものだった。日野が、舞台でその学生のスティックを取り上げ静止させたが、学生は手でドラムを叩き続けた。演奏の進行妨害行為に腹を立てた日野は、観衆の前であろうことか暴力行為を働いた。この事件は、週刊誌やテレビ報道で大きく報じられた。まさかと思う日野の行為に目を疑った。体罰が厳しく問われる昨今、このような暴挙は、どんな事情があるにせよ許されるものではない。心情的には理解できるが、暴行を加えることは、アウトだ。

中学生たちに、四か月にわたる教育指導を行い、この日限りの最後のステージでこの事件が起きた。暴行を受けた両親とも和解した。両親は、息子のとった態度が悪く、日野は正しかったと彼を弁護した。

日野皓正（一九四二年生まれ）の履歴は輝かしいものがある。九歳の頃からトランペットをはじめ、NYのブルーノートでは、日本人として初めて、レコードの専属契約を結んでいる。外国の著名なミュージシャンとも何度も共演している。日本の幾つもの大学でも客員教授の経験がある。若い学生たちにも、熱心に教育指導をしている。新人を自分のバンドに入れ、新人の育成を計ることでも知られている。今回の明星大学のコンサートでも、高校生のドラマーを登場させ、その将来性を舞台で高く紹介していた。高校生で既にこのレベルで、充分世界に通用する逸材だという。

確かに、そのドラムの演奏は、迫力があり観衆を魅了するだけのものがあった。また、チャリティー活動にも積極的に参加している。二〇〇四年には、国から紫綬褒章を受章している。

音楽を通して「アジアをひとつに」という壮大な夢を持っている。その実現の為に、アジア各地で演奏活動もされている。

彼のトランペット（コルネット）演奏は人の心を揺さぶるものがある。両頬を大きく膨らませ、限界まで息を吐きだして複雑で入り組んだ音を放出させる。私は彼のコンサートを東京で、転勤先の大阪で、また退職後のいわきで聴く機会に恵まれた。いずれの演奏会場でも感動させられたが、特に印象に残っている会場がある。いつのころか詳細は忘れたが、池袋の映画館文芸坐だったと思うが、日野は舞台に置かれた水の張られた水槽に、トランペットを突っ込み吹き鳴らした。水のぶくぶくいう濁音の中にトランペットの金属音が融合する。日野は芸術家だと思った。世界的トランペット奏者のあくなき音に対する追求心・探究心に感動を覚えた。音を壊して新しい音を生む。そのチャレンジ精神には、頭が下がった。

車椅子席からの日野の演奏に酔いしれ、星降る夜に母と自宅へ戻った。ジャズの余韻がいつまでも身体に沁み込んでいた。母も元気を貰えたと語っていた。

平成二十九年晩秋

トークショー

令和元年五月二十六日（日）、午後一時三十分から五時まで、いわき市小名浜の旧イワキ会館グリーン劇場二階に於いて、トークショーが行われた。三階建ての旧映画館を若者が何年か前に買い取り（最安値は二百万円だったそうだ。幾らで購入したかは定かではない）、イベント会場にするという試みに興味を抱いた。

彼は、小名浜×計画　代表松本崇氏である。彼が勤める小松屋の業務内容は、古民家、土蔵の解体、倉庫、納屋などの片付け代行、廃材アート、オブジェ制作と名刺にある。若者が、夢に向かって挑戦する姿勢は、素晴らしい。映画館の座席もすべて一人で取り外し、金属とシートに分別して、金属は古物商に販売したそうだ。職業柄とは言え、バイタリティーが溢れている。今後の活動内容にエールを送りたい。

本日のトークショーは、松本氏のサクソフォンが、幾つもオブジェとして舞台中央に大きく飾られ、照明が当たって黄金色にひときわ輝いて光っていた。なかなかゴージャスで味わい深い。センスの良さが伺われる。観客は若者が中心だった。二十代から三十代が大半のようだ。私が多分最高齢者であろう。若い女性たちの姿も、ちらほら混ざって、会場に花を添えていた。コンクリートのむき出しの壁には、昭和四十年から五、六十年頃の物と思われるピンク映画のポスターが何枚も貼られている。この映画館は、かつて一般映画とピンク映画が併設上映されていた。私も十五年以上前に一度入場したことがあった。ピンク映画のポスターは、いかにもピンク映画にふさわしい欲情をかきたてるものだった。逆に今見ると、レトロだが、やけに新鮮なようにも見える。一般映画が斜陽に陥り、日活が、ロマンポルノに路線変更された時には、個人的に強いショックを受けた。それは、母校東京経済大学（大倉高商）の卒業生の堀久作が、日活の社長に就任していたからだ。昔の日活は、石原裕次郎、小林旭、赤木圭一郎、高橋英樹などドル箱スターたちが数多くいた。全盛期を誇っていた時代があった。今や、ピンク映画もアダルトビデオに押され、衰退の一途であろう。アダルトビデオの数量とジャンルは圧倒的なボリュームだ。これだけの作品があることは、そこに出演している無名有名を問わず、どれほど多くの女優の数が存在しているのであろうか。街を歩けばポルノ女優に当たる時代が迫ってくるというのは過言であろうか？　そんな錯覚に陥る昨今である。アダルトビデオも手を変え、品を変え毎月のように新人を迎え再生産されてゆく。

だいぶ横道にそれてしまったが、本題に戻そう。第一部が小名浜出身の二人で、小松理虔氏と江尻浩二郎氏の対談。「小名浜から常磐の潮目を考える」という題目である。自分たちの中学時代のやんちゃな話から、小名浜の塩や川の環境汚染問題などについても、スライドで昔と現在の環境改善状況などを対比して語っていた。漁業が盛んな時は、トラックから鮮魚をこぼれ落とし、住民がそれらの魚を拾い、食していたという伝説的な話もしていた。

小松氏は、『新復興論』で第一八回大佛次郎論壇賞を受賞。江尻氏は、日本の全市町村及び定期航路のある有人離島を巡る。十年かけて見聞。シベリア徘徊。帰国後、大学非常勤講師と紹介されている。二人ともユニークな履歴の持ち主だ。

興味深かったのは、石川県から見た世界地図。ロシア、シベリア、中国との位置関係が非常に近いことに驚かされた。一般的に発行されている世界地図の常識が、石川県を基軸に見ると、まるで異なった世界地図に変貌している。新発見である。約一時間のトークは雑談を交えてあっという間に終わった。第二部は三時から五時までの二時間、都築響一トークショーが「東北のおもしろいもの編」として始まった。彼は、七六年から八六年まで「ポパイ」、「ブルータス」の編集記事を担当（主に現代美術、建築、写真、デザイン）。写真家でもある。第二三回木村伊兵衛賞を『ＲＯＡＤＳＩＤＥ　ＪＡＰＡＮ』で受賞。凄いことだ。著書多数。「秘宝館など業界が見向きもしない、名も無き人々の生きざまや創作活動に光を当て、日本及び世界のロードサイドを巡る取材を続行中」という。正攻法で常識的な視点では、新しいユニークな創造は生まれない。彼の話で面白かったのは、スケボーのオヤジと町で知り合い、自宅にも訪問したことがあるそうだ。そこでさまざまな独自のスケートボードを見せてもらった。ユニークなボードは、お琴をスケートボードにして、道路を走る。長いお琴を演奏しながら走ることもできるという。実際の映像を見たが、少し走りにくそうだった。また、福島の帰宅困難地域を白い防御服を身にまとい、無人の荒廃した町をスケートボードで颯爽とスピード上げて走り抜ける映像には驚かされた。違法な行為なのだが、何故か放射能に汚染された帰宅困難地域の生の映像が、どんな活字で語られた言葉より、リアルに心に届くものがあった。

サファリパークに隣接する秘宝館の映像。子供を連れた母親が、子供の教育上好ましくないと警察に訴えて、閉館に追い込まれたことなど話された。彼は秘宝館の映像も収めている。また映画館が斜陽で、ピンク映画やストリップ劇場をも開演せざるを得ない現状を映像にしていた。館主は、ピンク映画のフィルムも相当数量所有している。日本のピンク映画史上貴重な記録フィルムだが、館主は、自分のお気に入りのシーンをつぎはぎ編集して楽しんでいるという。もったいないことだ。また、ピンク映画のポスターにも言及している。本物のデザイナーを使ってのポスターとは、とても思えず、素人が適当にポスターを作っていたようだ。デザイナーを使うだけの費用も捻出できず、低コスト、短納期で仕上げたポスターには、それなりの味のあるポスターである。ポスターの宣伝文句も面白いものがある。こちらもコピーライターなど使わずに、仲間内で多分制作したものであろう。泥臭く、ただ欲望だけをダイレクトに刺激するものが多い。そこには微塵も芸術性やインテリジェンスなど感じられない。そんなものは、もともと求められていないのだ。如何に映画館に人を呼び込むかが最大の使命なのだ。ある面、正直な感情を本音でぶつけている。

二本松の誰もいない広い屋外で、クレーンを何機も使い、ベッドを一〇メートルの上まで吊し上げ、そこで男女の俳優がSEXする。

ベッドが微妙に揺れている。役者も命がけだろう。最後は、男がペニスから射精してバンジージャンプして落下する。全くナンセンスなアダルトビデオだ。奇をてらった企画だとは思うが、クレーンの費用だけでも相当な出費だったであろう。そちらの方が、こちらでは気になってしまう。

今回のトークショーは、どんな内容なのか聞いてみないと全く不明だったが、こんなこともあるのだという認識は持てた。もう少し期待はしていたが、残念な一面もあった。私の寝不足と身体の疲れから、一部眠り込んでしまったこともあり、出演者には申し訳なくも思っている。ご容赦願いたい。

令和元年五月末

新宿・歌舞伎町

この街は「眠らない町」不夜城として東洋一の繁華街として知られている。

この街の歴史を遡れば、戦後、石川栄耀氏らによって、復興計画で歌舞伎の演舞場建設が計画された。だが、財政難で頓挫して、コマ劇場だけが建設された。町名は歌舞伎町となる。

歌舞伎町は、靖国通り、明治通り、職安通りに囲まれている。歌舞伎町一丁目、二丁目からなる。人口は住民基本台帳によれば、二四三七人(二〇一七年十二月一日現在)。

歌舞伎町一番街、中央通り、東通り、さくら通り、西武新宿通り、新宿区役所通り、職安通りなどがある。

歌舞伎町を裏社会の視点で考察すると、歌舞伎町は、極論すると「暴力」と「性風俗」の精液の匂いが立ち込める街のようにも思われる。

この街には、居酒屋、クラブ、キャバクラ、ホストクラブ、パチンコ店、漫画喫茶、ストリップ劇場、映画館、ＤＶＤ鑑賞店、風俗店、都内最大規模のラブホテル街、飲食店などが所狭しと、犇めき合っている欲望の渦巻く街である。

そうした混沌とした街の中にも、大久保病院や、ハローワーク、新宿区役所などがある。区役所はいつも多くの区民たちや外国人で賑わっている。以前、新宿に居住していた時に、母と元新宿区長・中山弘子氏の区長室を訪ねたことがある。目的は、家族の本の寄贈だった。区長は、私たちをにこやかに迎え入れてくれた。男性の年配の部下に、区内の図書館に配本するように指示して下さったことが思い出される。しばらくの談笑後、帰りの節には、ご親切に私たちを出口の駐車場まで見送って下さった。

昭和五十五年以降から平成十年代ごろまで、不法滞在外国人(中国、韓国、台湾など)による、縄張り争いなどが起こった。

「青龍刀事件」に象徴される、中国マフィア同士による殺傷事件があった。当時、日本のやくざも、何をするか分からない無謀な中国マフィアの存在を恐れて警戒していた。

この街は、指定暴力団住吉会の縄張りでもあるが、山口組、松葉会、稲川会などの各事務所があり、推定一〇〇〇人の構成員がいると言われている。

当局（警察、都、区、商店街）も不法滞在外国人の取り締まりや都条例改正、暴力団追放、「歌舞伎町浄化作戦」、防犯カメラの設置などで対抗して、暴力事件や不法滞在者の減少が計られた。しかし、今も尚、合法・非合法の客引きやぼったくりの店が後を絶たない。街の中では、客引き禁止、ぼったくり多発などの立て看板や、スピーカーで注意を喚起しているが、効果のほどはどうであろうか。ほろ酔い気分の酔客には、三千円ポッキリの甘い言葉に騙されて、高額なぼったくり被害を受けてしまう。歌舞伎町を歩けば、男と見ればしつこい客引きにぶつかる。歩きにくくてしようがない。迷惑千万だ。関心のないことを、態度で表して無視するしかない。黙殺して無視すると、この客は見込みがないと諦めて去って行く。美人局にも注意が必要だ。綺麗な若い女性について行き、とんでもない店に連れて行かれ、高額な請求を要求されることがある。私は、幸いそのようなポン引きや美人局の罠には陥らない。彼らが醸し出す匂いで分かるものだ。新宿育ちの私には、煌びやかなネオン輝く街中でも、善悪の臭覚が優れていると言えよう。

私は新宿に昭和二十七年から、四十三年間住んでいた（一時仕事の関係で離れた時はあったが、実家は、歌舞伎町に近い閑静な住宅街にあった）。従って、この街の表と裏の顔の部分を少しは知っている。

特に昭和三十三年以降から平成の末期に至るまでの、歌舞伎町事情を断片的に見てきた。

細かな話を縷々語るのは、他の媒体や本に譲るとして、体験的見聞録として歌舞伎町を見てみよう。

小学生の頃は、親父に連れられ、家族で歌舞伎町の映画館に出かけたものだ。当時の娯楽は、映画が全盛の時代であった。

当時、歌舞伎町にはオデオン座ほか地球座など三、四軒映画館があったようだ。

西部劇では、色眼鏡を掛けると、スクリーンに映し出されたインディアンが、馬から弓矢を引くと、観客めがけて矢が客席に飛んでくる。会場はキャーッという悲鳴に包まれる。スリリングな映画に一喜一憂したものだ。

現在はミラノ座などロードショー劇場も取り壊されてしまった。コマ劇場(収容人員二〇八八名)も五十二年の歴史を残して、二〇〇八年十二月三十一日惜しまれて閉鎖された。この劇場には、昭和の大スター美空ひばりはじめ多くの歌手・俳優などが出演していた。私は、フランキー堺の芝居を高校の学外授業で生徒を引率して連れて行ったことがある。芝居の筋書きは、はっきり覚えてはいないが、フランキー堺の太鼓持ち(幇間)の演技に魅了された。役者というものの底力を知った。また、姉は姪たちを連れて榊原郁恵のピーターパンを観劇に行った。姪たちよりも、姉本人が感動していたようだった。

コマ劇場は歌舞伎町のシンボルだった。演芸、文化を大衆に齎せてくれた。

歌舞伎町にお年寄りの大群が押し寄せてくる。靖国通りから観光バスで降りてくる観客達がコマに向かうのだ。歌舞伎町という若者や大人の街に、突如現れるお年寄りたちの一群は、一種独特の風を吹き上げる。ここは共存共栄の街なのだ。

コマ劇場の跡地には、新宿東宝ビルが聳える。二〇一五年四月十七日オープンした。

ホテル、シネコン、レストランがある複合ビルである。ホテルにはオブジェとしてゴジラヘッドがある。街ゆく人は、ホテルの頭上にあるゴジラをカメラに収めている光景をよく見る。

中学生にもなると、行動半径が広くなり、友人や一人で角筈、三光町、歌舞伎町あたりをぶらついたものだった。都電通りの三光町、角筈あたりに、伊勢丹、丸物のデパートがあり、丸物に隣接する建物にはストリップ劇場があった。子供心に大人が出入りする姿を見て、好奇心に襲われた。

六〇年安保の時は、明治通りや靖国通りあたりを、学生や労働者の長いデモの列が続き、大きな旗が揺れ、シュプレヒコールする声が遠くで聞こえていた。

一九六八年十月二十一日は、国際反戦デーだった。ベトナム戦争などに反対する新左翼の中核、ML派、第四インターなど、約二〇〇〇人が新宿駅に集結した。彼らは白ヘルなどを被り、角材などで武装して新宿駅構内を破壊した。機動隊との激しい応戦で、多数の負傷者及び逮捕者七四三名が出た。この影響で、通勤・通学者一五〇万人の足が奪われた。野次馬は二万人ともいわれた。その中の一人に私もいた。催涙弾の煙の中、真っ赤に目を充血させ、歴史の一ページを目撃した。翌日には、騒乱罪が適用された。

歌舞伎町に隣接する花園神社には、毎年お酉様へ出かけた。一の酉、二の酉、三の酉があった。年により二の酉迄の時がある。三の酉のある年は、火事に気をつけろと言われていた。

酉の市の時には、境内に露天商の他に、テントの見世物小屋が張られていた。小屋には大きな布に異様な絵が描かれていて、晩秋の夜風に揺らいでいた。

小屋の前では、異様に白い顔をした呼び込みのオヤジが、マイク片手に、臨場感あふれる呼び込みをして、客を入場させるのに必死だった。呼び込みの声に誘われて小屋に入った時がある。若い娘が、露わな姿で冷たい表情を浮かべて観客を見つめていた。子供心に見世物という哀歓を誘ったものだった。

お酉様の時に、テキヤ同士が店の場所取りで、怒号を上げて喧嘩をしていた。一方のテキヤは火鉢をひっくり返し、焼けた炭が真っ赤に路上で赤い火を燃やしていた。新宿警察署のすぐ近くで喧嘩が行われている。野次馬も集まり騒然とした空気だった。テキヤ同士の喧嘩は迫力があり、圧倒された。しばらくして、数人の警察官が来て事態は収まった。

東京六大学野球の早慶戦で早稲田が優勝すると、歌舞伎町は早稲田の学生たちで埋め尽くされる。早稲田のWの小旗や角帽を被った学生たちは、早稲田の校歌を高らかに歌って気勢を上げている。池に飛び込む者もいる。歌舞伎町商店会や市民も、お祭り気分の若い学生たちには、おおらかで寛容な対応をしている。

国士館大学の応援団が、路上で団長を先頭に横四列で、四年生、三年生、二年生、一年生と縦に並び、正座して座り込んでいる。何か不始末があったらしく、四年生が三年生を怒鳴りつけて凄い剣幕で叱る。「お前たちの指導が悪いからだ！」と叱責する。三年生は土下座して上級生に詫びを入れる。次に三年生が二年生を同様に叱りつける。順次怒声が飛ぶ。彼らの中では、四年生は神様で三年生は人間、二年生は奴隷、一年生はゴミなのだ。応援団の周りには黒い人だかりが出来て彼らの様子を興味深く見ている。

大学では「しごき」事件が各校の体育会系クラブで発生して、社会問題になっていた。昭和四十年代のころだった。

また、他大学の学生同士の挑発なども、歌舞伎町のコマ劇場前で行われていた。「〇〇大学かかってこいや！」。空手部の学生たちに喧嘩を売っている。睨みあいが続く。一触即発の雰囲気で緊張が走るが、大事には至らなかった。荒廃した乾いた街のようにも思えた。

こんなこともあった。一人のやくざに複数の黒い蛇腹の学生たちが、波状的に襲い掛かる。男が走りながらやくざに突進してゆく。一人二人三人と、やくざを殴っては離れてゆく。喧嘩のプロのようだ。やくざも負けてはいない。メンツをかけて、殴られ放しでなく、確実に学生の一人の顔面に強烈なパンチを食らわせる。血が飛び散る。

彼らには、いったい何があったのであろうか？気になるところであった。その後、蜘蛛の子を散らすように歌舞伎町の人込みの中に、学生たちは消えて行ってしまった。遠くでパトカーのサイレンが鳴っていた。

以前、学生とやくざの喧嘩で、学生が腕を日本刀で切り落とされた悲惨な事件もあった。

「楓林会館」の喫茶店では、やくざの抗争事件で、一般客の前で発砲があり、やくざが殺害された事件もあった。まるで、やくざ映画そのままの世界である。物騒極まりない。流れ玉にでも当たって巻き込まれたら災難である。危険が隣り合わせのような街だ。

歌舞伎町は「ぼったくり」の店も多い。ある日の夕方、こんな珍しい光景を見たことがある。学生服を着た一八〇センチを超す大男の大学生二人が、一六〇センチ位の若い男の両腕を逃がさないように摑み、歩道を引きずりながら歩いている。手には剣道の道具が入った大きな袋と、木刀のケースを持っている。ぼったくりを受けて、警察に男を突き出すつもりのようだ。歌舞伎町には悪質な呼び込み、ぼったくりの店が後を絶たない。

私も男なので、たまにはキャバクラや行きつけのクラブに出かけ、息抜きに若い女性と話してみたい衝動にかられる時がある。その時は、決して客引きに付いて行くことはない。キャバクラは無料案内所を利用することにしている。ここでは明朗会計のシステムを教えてくれる。安心だ。黒服が、店から案内所まで迎えに来てくれる。店への案内と同時に、途中で、客引きによる他店への勧誘を防止する狙いもあるのであろう。若いホステスとグラスを傾けながら、ネオン煌めく歌舞伎町の夜は更けて行く。

ある日の夕暮れ時、歌舞伎町の中央通りだったか、着物姿で髪をバッチリセットで決めたクラブのママたちの一団が、颯爽と歩いている姿に遭遇したことがある。八人ぐらいの集団だった。何の目的なのか分らなかった。堂々と胸を張って歩いている姿に、やくざも彼女らの道をよけて歩いていた。銀座のクラブのママさんたちには、遠く及ばないものの、歌舞伎町に生きる夜の蝶の煌びやかさを感じた。

夜が薄っすらと明けてくるころ、ホストクラブから出てきたのであろう、黒服の男たち二人に女が三人寄り添い、足がおぼつかない様子で、品のない会話を大声出して歩いている。風俗に働く女たちなのだろうか。女が男を求め、また男が女を求めて店に行く。正に金は経済循環で廻っている。キャバクラ嬢の中には、月に百万円以上稼ぐ輩もいる。大企業の部長以上の稼ぎだ。風俗嬢も日頃のストレス解消にホストクラブを訪れる者もいる。

彼女らは湯水の如く、ホストクラブに稼いだ金を注ぎ込む。「ドンペリ」などの高級酒を注文してみんなに振舞う。お気に入りのホストには、高級品などを惜しみなく貢ぐ。泡沫(うたかた)の刹那的な幸せを酒に塗(まみ)れて、今宵を生きている。明日が来ればまた稼げばいい。「明日は明日の風が吹く」のだろうか? 刹那的感情のままに生きているようだ。この貴重な若さと時間というものに、気付いて欲しい。酒と男でもてあそぶ青春残酷物語だ。早く目覚めて欲しい。

歌舞伎町にはＪＫ（女子高生）ビジネスもある。若い女の娘との接触を求めて、おじさん連中がそんな店に足繁(あししげ)く通う姿がある。十八歳未満の子供を店で、客にアルコールなど出して接待させ働かせることは、違法行為である。

ある日の午後、歌舞伎町を一人で歩いていると、制服を着た背の高い色白でスレンダーな女子高校生が、私に近づいてきた。モデル級の美人高校生だ。「おじさん、私と添い寝だけをしてくれませんか?」。驚きを隠せなかった。可愛い顔してよく言うもんだと思った。私は「君はどこの学校の学生だ! 私は教員だ。こんな危ない遊びは即刻辞めなさい! いつ事件に巻き込まれるか分からないぞ! 自分をもっと大切にしなさい!」と声を荒らげて強く注意した。女子高校生は「ごめんなさい。先生」とぺこりと頭を下げ、雑踏の中へ足早に西武新宿線の方向に走って逃げて行った。若い娘がスリルとお金のため、自分のリスクも顧みずにバイト感覚で援助交際を求めるなど、とんでもない世の中が現実としてある。由々しき問題である。老婆心ながら、日本の未来を若者に託せるのか! 疑問である。

歌舞伎町にあるゴールデン街には、昭和四十年代の大学生の頃から出かけていた。

昭和二十四年、新宿駅東口の闇市場を、GHQの指令で現在の歌舞伎町に移転した。移転当時は青線の売春街であった。昭和三十三年の売春防止法の施行で青線は廃止された。

二〇〇〇坪の土地に二百軒以上の三坪ほどの木造長屋建ての小さな店が犇めく。かつては、作家、ジャーナリスト、画家、映画監督、脚本家、演劇関係者などの文化人が、夜な夜な店に集まり熱い議論を交わしていた。私も二、三軒馴染みの店があり、よく通ったものだ。

ゴールデン街は、今や世界的にも有名となり、世界各地の外国の観光客たちで賑わっている。カウンター全員が外国の観光客で埋まっている店もある。昔を知る者としては、少し寂しい気がする。店の中には、「外国人お断り」と張り紙が英語で書かれている店もある。

私は新宿の風景を写真に収めたいと思い、自宅から徒歩で、ぶらりと歌舞伎町に被写体を求めて、一眼レフのNIKONをもって出かけた。ゴールデン街は、許可をとらないと撮影が難しいようだ。コマ劇場前を歩いていると、黒服に身を包んだやくざの一団に遭遇した。その数、十数名。どこかで会合を終えて、街中へ出てきたようだ。一人の中年のカメラマンが、勇敢にもやくざの一団の前に出て、シャッターを切り続けている。勇気のいることだ。やくざもカメラマンをさほど気にしていない様子。彼らと顔見知りらしく「いつ写真をくれるんや！」と一人の男がカメラマンに強い口調で催促していた。彼は笑ってその場を胡麻化していた。何度も彼らの写真撮影をしているようだ。三流週刊誌かアウトロー雑誌社のカメラマンなのか？　彼は中国系の男だった。彼は私のカメラに気づき、私に近寄って来た。「一緒に事務所へ行きませんか？　良い写真が撮れますよ」。たどたどしい日本語で誘ってきた。被写体として面白そうだが、家田荘子の『極道の妻たち』の取材ではあるまいし、私はそんな勇気は持ち合わせていないので、お断りした。危険な男たちには、なるべく近寄りたくない。命を賭けて撮影する被写体ではない。どうせ命を賭けるのならば、男や女でもなく、戦場のカメラマンだろう。東京経済大学の十歳後輩の長井健司氏（ジャーナリスト、カメラマン、リポーター、ＡＰＦ通信記者）は、ミャンマーで反政府デモを取材・撮影中に、兵士に至近距離から銃殺されて殉職した。撮影したカメラも戻ってこない。自国の反政府デモの映像を海外へ流出されるのを阻止するための、軍部の指示による確信犯的な犯罪行為だった。決して許すことのできない蛮行だ。世界には、まだまだ独裁政権が横行している。

長井健司氏の勇気ある取材行為に敬意を表すると共に、ご冥福を心からお祈り申し上げる。彼は「誰も行かないところに誰かが行かなければ」という使命感を常に語っていたと言う。パレスチナやイラン戦争、空爆の状況などを取材して、命を賭けて世界に報道していた。

転勤などで遠く新宿を離れても、新宿駅を降りると、空気が馴染んで落ち着く不思議さを感じていた。姉の佐知も同様のことを語っていた。私にとって新宿は、いわき市に住んでいても、やはり心の故郷なのである。

新宿に纏わる歌も数多くある。

古くは扇ひろ子の「新宿ブルース」

作詞　滝口暉子　作曲　和田香苗

夜の新宿こぼれ花
涙かんでも泣きはせぬ

藤圭子の「新宿の女」

作詞　石坂まさを・みずの稔
作曲　石坂まさを

私が男になれたなら
私は女を捨てないわ
ネオンぐらしの蝶々には……
夜が冷たい
新宿の女

石坂まさをは新宿区に住んでいた。

「新宿の女」の歌碑は、私が子供のころ夏祭りに出かけた新宿区の西向天神神社にひっそりと小さく建立されている。この神社は、私が卒業した小学校、天神小学校のすぐ傍にある。

ちあきなおみ「紅とんぼ」
　　作詞　吉田旺　作曲　船村徹
……しんみりしないでよ　ケンさん
新宿　駅裏　紅とんぼ
想いだしてね　時々は

新宿駅裏で、酒場を開いた女が五年で店を閉めることになる。誰も貰ってくれないので故里へ帰る。「想い出だしてね　時々は」と馴染み客に物悲しく語り掛ける哀愁歌である。

この歌は、実話を元にして出来た作品のようだ。船村節が人の心に響く。

余談だが、船村徹といえば、いわき市の千三百年の伝統を誇る大國魂神社に栃木の県木「栃の木」が植樹されている。その前に「田中母子文学碑」（志津・佐知・佑季明）が建立されている。また、ちあきなおみは、私と同学年。現・新宿中学校（大久保中学・東戸山中学吸収）の卒業生である。

時代は変わり、新しい歌手が出てきた。一九七八年十一月二十五日生まれの四十歳。

椎名林檎の「歌舞伎町の女王」
　　作詞作曲　椎名林檎
……JR新宿駅の東口を出たら
其処はあたしの庭
大遊技場歌舞伎町
今日からは此の町で
娘のあたしが女王

と口笛を吹きながら、ギターを弾いて歌う椎名林檎。平成二十年度芸術選奨新人賞を受賞している。

「歌舞伎町のノラ」
作詞　玉置麻佐美　作曲　奥村英夫
編曲　与那城　恵　歌　れいか
兵庫県の高校卒業。本名大下礼子

恋する女　恋する女　恋するたびに　綺麗
になるわ……午前0時の歌舞伎町　鏡に向
かって爪をとぐ　ニャーオー　ニャーオ…
…そう　わたしは歌舞伎町のノラ

まさに「歌は世につれ世は歌につれ」時代が確
実にゆっくりと動いて行くものだ。

昭和・平成の歌舞伎町及び新宿周辺を駆け足
で、私的に独断と偏見で見つめてきた。
これから令和の時代になってからも、この街は
貪欲に大衆の心を摑み逞しく生き続けて行くの
だろう。

二〇一九年六月十五日

百二歳の旅

平成最後の四月のある日、母・田中志津は、居間で自分の「生誕の碑」の写真を見て、ポツリと「小千谷に行って『生誕の碑』を見に行ってみたいわ」と半ば諦観したような表情を浮かべて、私に語りかけてきた。いわきから小千谷までは、三〇〇キロ前後の距離がある。母の身体の状況を鑑みると、先ず無理であろうと考えていた。だが、母は故郷小千谷に寄せる思いは非常に強い。その思いに応える上でも実現させてあげたいと考えた。今年百二歳を迎え、来年は、今年以上に身体を動かすことは多分困難であろう。そう考えた時、身体がそれなりに動かせる今年に行くしかないだろう。しかし、私一人で親を連れてゆくことには、一抹の不安があった。母は以前、両足大腿骨を骨折している。両足には金属ボルトが埋め込

まれている。最近は、家の中で、手すりを利用しても歩行困難で、車椅子を利用している。乗用車からの乗降はもとより、車からの車椅子の出し入れにも、それ相応の腕力が必要である。私も悲しいかな、年を重ね若い時よりも体力が落ちてきている。旅先でのトイレや食事等々、度重なる移動も容易なことではないだろう。総合的に考えると、茨城に住む兄・昭生の援助が必要となろう。

早速、兄に相談して快諾を得た。ゴールデンウィークの時期を外し、母の健康状態と天候を考えて、日程を組んだ。令和元年の五月十四日から十五日まで、ホテルの予約を取った。小千谷では定宿（じょうやど）にしているホテルと、帰路には、磐梯熱海温泉の駅前の旅館に宿泊することにした。

　十三日の月曜日には、日焼けした兄が、ボストンバッグ一つを持って、いわきへやって来た。夕方、家族は風呂に入り、食事をとり翌日に備えて早めに就寝した。

　その日は、晴れのち曇り時々雨の空模様。我が家を九時三十分過ぎに出た。いわき湯本インターから高速に乗り、磐越自動車道で、郡山、会津を通り新潟から関越自動車道で一路小千谷へと向かうコースだ。助手席に兄、後方座席に母を乗せた。親子三人で、こうして旅行へ出かけるのも、何年振りのことだろう。途中磐梯山の雄姿が見えるサービスエリアで、早めの昼食を採った。磐梯山の山頂には、まだ冠雪が残っていた。

　運転手は私一人のため、途中のインターで度々小休止とトイレを済ませた。小千谷までは、母にとっては強行軍だと分かっていても、私には大丈夫だという変な自信があり、車を走り続けた。後部座席で時々、コクリ、コクリしている母の姿を、ルームミラー越しに確認できた。疲れているのだろう。いわきから小千谷までの距離は、思いのほか遠かった。走れどもなかなか目的地に迄、到着しないもどかしさを体の疲れの中で感じた。だが、車窓から眺める風景は、都会人にとっては、余りある贅沢な景色が広がる。山脈の連なる美しさなど何と素晴らしいことか。日本の国土の七割強は山地であることがよくわかる。普段あまり会話の少ない兄との取り留めもない会話を、母と楽しむことが出来た。新潟の三条燕を通り過ぎしばらく走ると、フロントガラスに小粒の雨が当たってきた。空はまだ四時前だというのに、不気味な暗雲が広がり山に流れている。雲行きが急に怪しくなってきた。私は元来晴れ男で、旅行中雨に降られることは少ない。だが、小千谷に近づくに従って、本降りの土砂降りの雨が降ってきた。これには参った。母も兄も「凄い雨ね。ああ……」とため息が漏れていた。車椅子なのに困ったものだ。小千谷インターの近くの石材店に先ず立ち寄ることにした。「田中志津生誕の碑」を建立した石政石材工業である。墓石の他、新潟県ゆかりの著名な文化人たちの碑を数多く建立している。船岡公園内にある母の碑に、冬の時期、大雪から碑を守るために、ブルーシートを掛けて頂いている。小千谷は特別豪雪地帯として知られる。御礼を兼ねて会社を久しぶりに訪問した。生憎の強い雨で、母は事務所に入らず車の中で待機していた。兄と私の二人で、社員にいわきの銘菓を手渡し御礼を申し上げた。この石材店で、いわきの大國魂神社の母と姉の文学碑も建立している。県内でも名石匠として定評がある。従業員は傘を差し母の乗る車まで挨拶に来てくれた。母も笑顔で応えていた。懐かしい知己にあったような気持ちだった。

夕食は雨の中、外食産業の店で済ませた。天気が良ければ、割烹店にでも入る予定でいたが、その雰囲気でもなく、兄はビールを頼み簡素に食事を終わらせた。むしろホテルに早くチェックインして一風呂浴びたかった。外は冷たい雨が降り注ぎ、商店街のネオンが濡れて光っていた。旅の疲れもあり、風呂に入り皆早くベッドに入った。外は冷たい雨が降っている。小千谷の夜(よ)は静かに更(ふ)けていった。

翌朝目覚めると、朝日が部屋の窓から差し込んでいた。五月晴れだ。思わず心が弾んだ。母も長旅の割には、比較的元気な表情を浮かべていてひと安心した。これで今日は、ゆっくり活動ができると安堵した。一階の朝日の当たるレストランで、他の客たちと八時三十分ごろ朝食をとった。兄は洋食で、母と私は和食をオーダーした。ゆっくりと朝食を楽しんだ。とても満足のゆくボリュームと味であった。今日の予定は、盛り沢山ある。親戚の家を訪問。地元紙の小千谷新聞社へ表敬訪問。小千谷図書館へ私の詩歌集『うたものがたり』の寄贈。そして隣接する小千谷小学校校長先生を訪問。増川家先祖代々の墓がある成就院での墓参。船岡公園にある母の「生誕の碑」の見学などを予定している。また、小千谷市長にも表敬訪問にお伺いしたかったが、アポイントも採れておらずに残念だったが諦めた。母の年齢と体調を考えると、いつ体調を崩して、旅行を中止するかもわからない状況下では、安易にアポを採れない事情もあった。昼食はへぎそばで有名な「わたや」で食事をとることを楽しみにしている。

午前十時前に親戚の新築の家に、手土産と新刊書を持って訪問した。電機会社を経営する彼は、なかなかの人物である。自宅のプライベートな一室にはパソコンなどを置いたオフィースがある。仕事場・工場は別の場所にある。自宅は二百坪の土地に百坪ほどの二階建。エレベーターまである。奥さんの身体を考えて建設されたのであろう。彼はアイディアマンである。世界でまだ開発されていない商品開発に取り組んでいるという。八十歳を超えて、まだまだ仕事に対する情熱は衰えていない。逞しい限りである。息子さんもアメリカの大学を卒業して、東京の新宿にＩＴのオフィースを構えている。夫妻は母に「百二歳で良く小千谷まで来てくれましたね。顔は昔の面影そのままですね。お変わりないのに驚かされました。お会いできてとてもよかったです。いつまでもお元気でいて下さいね」と母と強い握手を交わしていた。これが母との最後の別れかのような雰囲気であった。母もこれから故郷小千谷に出かけることは多分ないであろう。「小千谷に来てこうして親交を深められてよかったわ。お前たち息子のお陰だよ。お母さんは本当に感謝しているよ」と母は言う。夫妻からお土産に母と兄にスイカと大玉のメロンのセットを贈って頂いた。

小千谷小学校を訪ねることにした。母と私は、平成二十九年十月一日の開校百五十年記念式典に参加できなかった。母がいわき市の病院に入院していた為だ。母は入院先から式典会場にメッセージを送っていた。当時母は出席していれば、学校長はじめ西脇家の皆様や関係諸氏の方々にご挨拶ができたのにと大変残念だったと述懐していた。参加できなかったお詫びと小千谷訪問のご挨拶に訪れた。小学校は千名程の生徒を要するマンモス校である。少子化が進む中、近隣の町村の小学校を統合したのだろう。午前中、何度か小学校に電話を入れたのだが、留守のようで誰も出られなかった。失礼ながら直接校長・岡村秀一先生を訪ねた。母と兄は、学校の裏門あたりに駐車した車の中で、私の帰りを待った。本来ならば、母を車椅子に乗せて、校長先生とお会いすべきだったのだが、失礼ながら母の乗降の際の体力消耗などを考えた上での行動だった。私は正面入り口から広い校内を歩いた。各教室では、教員が生徒たちに授業を行っている最中だった。清潔感溢れる校舎で、とても清々しかった。私は職員室らしき部屋に入り、職員に名刺を差し出し訪問の目的を告げ、校長先生への面会を求めた。職員は、校長室に行かれ取り次いで頂いた。暫くすると、岡村先生が、校長室からにこやかに現れ、私を校長室に招いていただいた。そこで、事情をお話しした。また、私の新刊書をお渡しした。母を車に待たせていると告げ、校長室で失礼すると申し出たが、校長先生と教頭先生と思われる若い職員は、母の駐車する学校の裏口まで、わざわざお越しいただき恐縮した。岡村先生は、車の中の母に窓越しから「お元気ですか？　よくご遠方から小千谷まで来ていただきましたね。ありがとうございます」と思いがけない突然の母の訪問を大変喜んで頂いた。母も何年かぶりにお会いできた喜びを噛みしめていた。本来ならば、ゆっくり談笑したかったが、突然の訪問でもあり、また他にも廻る予定があったので、残念ながらここで失礼させて頂いた。いわきからの手土産を手渡した。岡村先生との別れを惜しみながら、次の訪問先の小千谷図書館へ立ち寄った。この図書館には、「田中志津文庫」があり、母の本を中心に家族の本なども収載して設置されている。私の新刊書を職員に寄贈した。母のコーナーを設置頂いたことに大変感謝している。多くの市民の方々に、本を読んで頂ければ幸甚である。本が一つの文化財となり、人々の心に響いていただければ、本望である。図書館前で母と兄は車で待機していた。次に小千谷新聞社を訪ねた。丁度昼時であったが、快く記者に迎え入れて頂いた。私の著書を寄贈した。小千谷新聞社には、以前から母の著書『信濃川』はじめ、訪問時の記事や文学碑建立の記事など多方面にわたり報道頂いている。地元紙として市民に身近な情報を提供している歴史ある新聞社である。母はとても感謝している。新聞社は二階にあり、車椅子では困難なので、外の駐車場で母たちは待機した。非礼ではあったが、諸事情を鑑み私だけの挨拶に留まった。母を連れて、駆け足で効率よく、短時間の中に、多くの場所を訪問することは、ハードで少し無理があった。だが、兄が同行していたお陰で安心して小千谷の旅を満喫することが出来た。私と母との二人旅では、決して小千谷にも出かけられず、今回の旅は成功しなかったであろう。兄のサポート無くして実現できなかった。兄には感謝している。

昼食は、へぎそばで有名な「わたや」で食事をした。この店に来たらやはり、へぎそばだろう。兄はビールと一人前半を、私たちは一人前と天婦羅を注文した。格別の味に舌鼓を打った。観光バスの一団がぞろぞろ入店してきた。いつも客で賑わっている。思い返せば、平成二十二年、母の「生誕の碑」の除幕式後の懇親会場は、「わたや」で行われた。小千谷市長はじめ大学教授、知人、友人、親戚などのご臨席を仰ぎ、賑々しく開催したことを思いだした。歳月の過ぎるのは早いものである。参列していた母の妹や、増川喜義氏も亡くなり今はいない。寂しいものである。

食後、増川家先祖代々の墓がある成就院を訪ねた。花を添え墓前に手を合わせた。先祖は、この地で十一代続いた縮問屋商「増善」だった。明治時代の松方デフレで倒産してしまった。景気変動の波に押し流されて、伝統産業の小千谷縮の「増善」が、消滅してしまった先祖の無念さは計り知れないものがあったであろう。母は想いに耽った表情で、先祖の墓参りをしていた。

船岡公園にある母の「生誕の碑」へ向かった。午後二時を過ぎていたであろうか、平日でもあり船岡公園には、私たち以外には二人連れの女性しか歩いていなかった。桜の季節には、市民たちで賑わいを見せる。露天商が幾つも店を構える。夜ともなれば、ぼんぼりの灯る中、夜桜見物の客たちで酒宴が盛り上がることであろう。文学碑は松の梢の中に、ひっそりと凛として建立していた。久し振りの訪問だった。白御影石は思いのほか重量感と存在感があった。母は多分、今回で自分の文学碑を見に来ることもなかろうと感慨深い表情を浮かべていた。母は雪深い豪雪の町で育った。河岸段丘の町でもあり、信濃川と共に生きてきた。船岡公園の頂上からは、眼下に蛇行した信濃川がゆったりと流れ、遠くには越後三山の八ヶ岳などが望まれる。小千谷市役所のご配慮で、絶景のロケーションの場所に文学碑が建立された。大変感謝している。母はふと思いを巡らせ、指を折り短歌を詠んだ。

遠方に越後三山近くには
　信濃の川が蛇行する春

子供らと我が碑の前に訪れて
　さやけき風に木の葉振るうる

小千谷市は、人口三万六千人を有する。

小千谷は、小千谷縮の他に、錦鯉でも有名である。その発祥は古く江戸時代にさかのぼる。「泳ぐ宝石」と呼ばれ、近年では、諸外国から錦鯉の買い付けに多くのバイヤーが訪れる。一匹二千万円という高値で取引されることもある。また四季折々のイベントなども開催されている。姉が生前取材した春の「牛の角付き」は家族で観賞したことがあり想い出深い。

秋には、越後三大花火片貝まつりがある。世界一の四尺玉（一・二メートル）が上げられる。打ち上げの高さは何と八〇〇メートルに及ぶそうだ。開花直径は八〇〇メートルという途方もない大きさだ。一度はそのド迫力を見てみたいものだ。

その他、魚沼産のコシヒカリも全国的に有名である。小千谷の親戚から毎年送られてくるが、とても美味しい米である。流石、魚沼産ブランドは素晴らしい。だが、ブランドに甘えているだけでなく、作り手の農家の人たちの真心籠った米作りが、基本となるのだろう。また、天然ガスの産出量も日本一だと聞かされた。新潟ブランドは、日本酒はじめ多々あるが、これからも地方都市の活性化と活躍に期待したい。

後ろ髪を引かれる思いで文学碑を後にした。これから、小千谷インターを入り、関越自動車道と磐越自動車道を走り、今晩の宿泊先の磐梯熱海温泉の旅館に向かった。天候も良好で快適なドライブであった。だが、疲労と睡魔が襲い、途中のインターで小休止をとった。兄が気を遣い缶のブラックコーヒーと眠気防止のチューインガムを購入してくれた。十分ぐらい休憩して、身体を動かして眠気をとることが出来て再出発した。ところで、余談であるが、昨日はとんだハプニングがあった。母を車から降ろし車椅子でトイレを利用したのだが、途中靴が脱げ片方だけどこかのインターへ置き忘れてしまった。多分車の中に置き忘れているのだろうと確認したが、残念ながら見つからなかった。小千谷で人に会うので買ったばかりの新調の良い靴を履いてきたのだが、裏目に出てしまった。結局小千谷の靴店で改めて高価な靴を購入することになってしまった。こんなことならば、普段履き慣れた安価な靴を履いてくればよかったと思ったが、これも後の祭りだ。要は、疲労が重なり、注意力散漫の結果なのだろう。事故が起こらなくて良かったと思えば、決して高い代償ではあるまい。気を取り戻し、安全運転に心掛け、インターを後にした。

関越から山と長いトンネルを幾つも越えて、阿賀野、会津、猪苗代湖を過ぎて、磐梯熱海温泉のインターにやっと辿り着いた。磐梯熱海温泉の駅前の宿にチェックインしたのは、七時を回っていた。一風呂浴びてから、夕食にするつもりであったが、空腹でもあり、入浴前に食事にした。鍋物はじめ刺身、煮物などが盛り付けられ、豪華な食事をとった。三人での家族水入らずの旅も久しぶりであった。冷たいビールが、旅の疲れを癒してくれた。母がここまで百二歳で、よくぞ元気に同乗してくれて本当に良かった。遅まきながら、日頃の感謝の気持ちを持って「母の日」のプレゼントを息子二人で出来たことを大変嬉しく思っている。これで所期の目的を達成することが出来安堵した。部屋は四階にあり一部屋にベッドが二つ並んで置かれ、和室には布団が敷かれるようになっていた。母と私はベッドを利用して、兄は床の間のある和室にした。和洋折衷の合理的な部屋で便利である。浴衣に着替え展望風呂と大浴場に浸かった。母は温泉まで来ていながら、残念ではあるが、安全を鑑みて、温泉風呂には入浴させることが出来なかった。手すりも不十分なのでリスクを負って迄入浴させることは出来なかった。母も入浴を諦めていた。帰宅後、自宅で入浴してもらうことにした。我が家の風呂場は、手すりが多くあり、安全だ。入浴するにも便利である。風呂場も比較的広く、浴槽も広くて深い。入浴剤を入れれば草津の湯にもなり別府の温泉にも早変わり出来る。

浴衣に着替えて、家族団欒の場を持ち談笑に耽り、磐梯熱海温泉の夜を過ごした。以前、姉と母でこの温泉を訪ねたことが思い出された。その時は、豪華なホテルでその造りの立派さに驚いた。ここに姉も同席していれば、どんなに母も喜んでくれたことであろう。至極残念であるが、亡くなってしまったことでは、致し方ない。姉も一緒になってここへ天国から舞い降りてきているのかもしれない。今夜はゆっくりと休むことが出来た。

翌朝目覚めると、目の前の大きな山に朝霧が流れ幻想的な風景が広がっていた。日本の美というのであろうか。大自然の無償の愛が感じられる。朝風呂を一階の露天風呂で浴びさっぱりしたところで家族と朝食をとる。旅というものはいいものだ。日常の煩雑さから解放され、お金さえ出せば、上げ膳据え膳の生活が送れる。これが毎日のことになると事情は変わるだろう。惰性となり感動を呼ばないと思う。我々クラスが丁度良いのかもしれぬ。九時三十分過ぎに宿を後にした。天気良好。一路帰宅の地いわきへと向かった。自宅には昼前に無事到着した。総距離数六二〇キロの旅だった。母には大変感謝された。兄は翌日お昼の列車で茨城へ戻った。

令和元年五月十七日

第五章　美術評論

偉大なる芸術家　サルバドール・ダリ

古今東西著名な芸術家は、ゴッホはじめ数多くいるが、その中でも、私の眼に留まった芸術家の一人に、サルバドール・ダリがいる。

彼は一九〇四年五月十一日、スペインのカタールニヤ東北部フィゲラスに生まれた。

ダリは、当初キュビズム（立体派）や印象派にも影響を受けたが、やがてシュルレアリスム（超現実主義）の世界へと足を踏み込んでゆく。

ダリは作品を「偏執狂的批判方法」で制作した。これは写実主義と非日常的空間の融合のイメージを膨らませて描く技法だ。

シュルレアリスムは、理性を排除し、夢や幻想の潜在意識を追求表現する活動である。超現実主義の世界は、絵画、彫刻、写真、映像、音楽、文学等、幅広い分野に於いて表現されている。

ダリの言葉には、興味を引く言葉が幾つもある。紹介してみよう。

「天才になるには天才のふりをすればいい」「私はドラッグをしない。私自身がドラッグだ」「「志のない知恵は、翼のない鳥に等しい」「何も真似したくないと思う者は、何も生み出さない」等々。

初めてダリの絵に遭遇したのは、いつ頃だったのであろうか? 残念ながら私の記憶には想いだせない。東京のデパートの美術展だったのか? 美術館なのか? はたまた画集などで見たのが印象に残っているのか定かではない。確かに言えることは、一九九三年秋、母と姉と私で、フランスで「三人展」を開催中に、パリのダリ美術館に立ち寄り、ダリの作品に触れたことは、間違いない。「エスパス・ダリ・モンマルトル」はパリ一八区にある。サクレ・クール寺院や似顔絵画家で賑わうテルトル広場近くに、ひっそりと美術館は佇んでいた。

そこで目にした作品の数々は、画集などで見たことのある絵画もあり、興奮を覚えた。

彫刻、オブジェ、リトグラフなど三百点以上の作品が展示されていた。入り口付近の販売ケースには、ねじ曲がった時計が売られていた。購入しようかと思ったが、何故か踏みとどまった。理由は定かでない。

ダリは、日本の浮世絵にも興味を抱いていたようだ。墨で描かれた浮世絵の女たちの絵が何枚も展示されていた。ダリの新しい発見で、新鮮な感覚を覚えた。

ダリの絵で印象に残る作品は、幾つもある。例えば、一九四四年「目覚めの直前、柘榴のまわりを一匹の蜜蜂が飛んできた夢」板 油彩 五一×四〇・五センチ。裸体で横たわる妻のガラに口を大きく開け飛びかかろうとする二匹の虎。一匹の虎は、魚の口から飛び出してくる。宙には極細の象の四本の足が歩いている。まさにシュールだ。

「引き出しのあるミロのヴィーナス」一九三六年ブロンズ 着色 一〇〇センチ。

ダリの次のような言葉がある。「不滅のギリシャと現代との間の唯一の相違は、まさにシグムント・フロイトその人だ。彼は、ギリシャ時代には純粋に新プラトン学派の徒だった人間の身体が、今日においては、精神分析学によってのみ開きうる秘密の抽き出しに満ちていることを発見した」。ダリは、ミロのヴィーナスの頭と胸など三か所と膝に、大胆にも抽き出しを創り切り込む。発想が豊かだ。

また「記憶の固執」一九三一年カンバス　油彩　二六・三×三六・五センチ。

この油彩は、よく知られた作品である。三つの平らな時計は、ぐにゃりと飴のように曲がっている。一つは木の枝に垂れている。もう一つは、机のようなものに置かれ、時計の半分を直角に折っている。他の時計も胎児が口を開け、まつ毛のような長い顔の上に置かれている。赤い懐中時計には無数の蟻が群がっている。ダリによれば、「柔らかい時計は生物学的に言えば、ダリ的DNAの巨大な分子である。それらは永続性ゆえにマゾ的であり、舌平目の肉のように機械的な時間という鮫に呑み込まれる運命にある」と哲学的言葉を発している。その他、巨大な油彩「ポルト・リガトの聖母」一九五〇年　カンバス　油彩　三六六×二四四センチや妻をモデルにした半身像「ガラリーナ」一九四四—四五年　油彩　六六・二×五一・一センチ。

ダリは愛妻家である。ガラは再婚者。一九八二年ガラが亡くなるとダリは「自分の人生の舵を失った」として、一九八三年創作活動をやめてしまった。それだけ妻の存在が大きく、妻を愛し、精神的支柱にしていたのだ。私も人生を賭ける程の女性に会いたいものだ。

ダリの風貌も独特だ。ダンディーなストライプのスーツに身を包み、細いステッキを持ち、鼻の下には自慢の上を向いたカイゼル髭を生やしている。カイゼル髭は、水あめで固めているそうだ。ダリは自分自身をダンディズムに演出しているのだろう。芸術家だ。

母も姉もどっぷりシュールの世界に身を置き、夕暮れのダリ美術館を後にした。

ダリは、一九八九年心不全で、惜しまれて八十四歳で亡くなった。

福島県の磐梯会津高原には、ダリの彫刻、版画、絵画など三百四十点程を所蔵する、諸橋近代美術館がある。機会を見て、世界屈指の所蔵量を誇るこの美術館を訪問してみたい。

二〇一九年六月二十日

参考資料
現代世界美術全集　愛蔵普及版25　ダリ　監修　梅原龍三郎　谷川徹三　富永惣一　解説　小倉忠夫　編集制作　座右宝刊行会　発行　集英社

カミーユ・クローデル

美貌の女流彫刻家、フランス生まれのカミーユ・クローデル（一八六四―一九四三）。

その生涯は、師である巨匠ロダンとの激しい恋の末に破れ、挙句の果てに発狂する。

何とも痛ましい悲劇の歴史の中に、長いこと閉じ込められてしまった。カミーユの生涯は、名声と光明は在ったにせよ、最後は壮絶な生きざまだった。

しかし、一九八四年ロダン美術館で開催された「カミーユ・クローデル展」は大盛況だった。没後、カミーユの生涯は、映画、評伝、戯曲などで紹介され、正当な芸術的評価を得られるようになった。彼女は「二十世紀最大の芸術家の一人」とまで言わしめた。

日本でも、一九八七年八月二十八日―九月十六日まで東京・渋谷・東急百貨店本店に於いて、「カミーユ・クローデル展　ロダンにかけた女性彫刻家—その愛と創造と破局—」が開催された。私も展覧会に出かけ、カミーユの作品に魅了され、感動を覚えたことを記憶している。

カミーユは幼い頃から、粘土をこね、独学で彫刻を手掛けていた。師を持たないが故に、独創的で自由な表現力を養うことが出来たのだ。所謂、天性の資質が育まれていったのである。初期の作品は、今では残念ながら無くなっているので、見ることが出来ない。

一八八四年、カミーユは、ロダンの内弟子となる。また、「地獄の門」、「ダナイード」、「物思い」、「夜明け」などの作品のモデルになった。ロダンには内妻のローズ・ブーレがいて二人の間には長男の存在があった。カミーユは、ロダンに離婚を迫ったが、受け入れられずその夢は果たせなかった。一八八九年から八九年頃、カミーユは、ドビュッシーと知り合った。その後、彼と交際していた。ロダンは、ドビュッシーとの関係を、嫉妬していた。

「ワルツ」は一八九一—一九〇五年のブロンズ作品である。当初この作品の原案は、二人とも裸で制作される予定でいた。だが、当時の政府は、官能的だという理由で、カミーユは着衣を下半身に波のようにまとわせて制作した。その後、カミーユは一八九一年に突然ドビュッシーと別れる。ドビュッシーの部屋には、カミーユが亡くなる一九四三年までブロンズ像「ワルツ」が飾られていた。ドビュッシーは、カミーユに寄せる思いが、離別後も強かったのであろう。いつの世も、男と女との恋の駆け引きは、終わることを知らない。

前世紀末から今世紀初めにかけてのカミーユは、円熟期に達していて、最も重要な彫刻家の一人とされていた。

一八九八年、カミーユとロダンは、決定的に決別する。それは、自尊心の強いカミーユは、ロダンから自分の作品の自立を考えていた。また、ロダンが、ドビュッシーと、カミーユの交際への嫉妬もあり、二人の亀裂は深まっていった。

ロダンとカミーユの作品の資質について、粟津則雄は以下のように分析している。

「ロダンの作品には、濃密な官能が沁みとおり、男女ともにのびやかな官能の海に身を委ねている。一方、カミーユは……官能と霊性との激しい緊張関係が切迫感を生み出している（概略）」と説く。

カミーユの作品には「分別盛り」（一八九四年―一九〇〇年）ブロンズ　八〇×五五×三三センチがある。

ロダンとその妻ローズとカミーユの三角関係の立ち位置を赤裸々に表している傑作である。自尊心の強いカミーユが跪き、ロダンに手を差し伸べ引き留めようとしている。だが、カミーユの手は、無情にもロダンの手にわずかに届かない。カミーユの弟ポールは、この作品について次のように語っている。「この跪いた若い女……この裸の若い女、それは私の姉だ！　私の姉カミーユが、嘆願し、跪いて屈服している。あの尊大な女、あの高慢な女が。彼女がこのように表されているのだ。嘆願して、屈服して、跪いて、裸で！　全ては終わった」。この作品は、弟の眼からしても、別離が痛ましく見え、衝撃的で、尚且つ屈辱的であったのであろうか。

ロダンとの別離後、カミーユは一八九九年、ブルボン河岸通りにあるアトリエへ転居する。ここがカミーユの最後のアトリエとなった。創作活動は、孤独と失意や貧困のため、思うような仕事が出来ず、やがて精神を患らわせてゆく。被害妄想、幻覚などに襲われ、精神に異常をきたした。毎年夏になると、その年の作品すべてを破壊したという。何たることか。美術史上、貴重な作品の数々が消滅してしまった。一九一三年三月二日、カミーユの父親ルイが死去すると、間もなくカミーユは、一九一三年三月十日に精神病院へ入院させられた。第一次大戦が起こり、モンドヴェルの精神病院へ入院となった。病症名は「解釈症」だった。重症のパラノイヤで、当時は治療方法がなかった。解釈症の人は、「日常経験するすべてのことに解釈の網を張る。自分の張り巡らせた網の中に刻一刻とのめり込んでゆく」、その基本理念はロダンの迫害だった。彼女は被害妄想を起こし、ロダンの手先により毒殺される。従って、病院からの食事を拒否する。生卵と皮のついたままのジャガイモだけを口にした。当然身体は弱り衰弱してゆく。かつての美貌は無残な容姿へと変貌してゆく。

　カミーユは、精神病院での生活を三十年の長きにわたり過ごした。この三十年間は、空白が支配する虚無な三十年間であった。

　天性の才能を持った女流彫刻家の一生は、ロダンにかけた愛と葛藤、そして破局。そうした中での創作活動で、数々の傑作を生み出し、世に送り出した。病に侵され、折角完成した彫刻群を破壊してしまった無念さは残るが、創造物は未だに数多く生きている。

　蛇足ながら、生涯ひとつのブロンズも作れない者がいることを考えれば、数多くの作品を世に残せたことは幸運と言えよう。

　精神病棟での苦渋に満ちた三十年間は、余りにも残酷で悲劇だ。この病棟でどんな風景が見えたのであろうか？　カミーユの唯一の慰めは、幼少時に育ったヴィルヌーボに戻って動かないことだと語っていた。正常な日常を取り戻し、普通の生活を送りたかったのだ。

　カミーユの人生は、あまりにも波瀾万丈で、最後は自由の利かない精神病院で三十年過ごした。享年七十八歳の生涯を閉じた。安らかに眠って欲しい。合掌。

私の好きな主な作品

「うずくまる女のトルソ」ブロンズ　一八八四―八五年　三五×二一×一九センチ

「シャルル・レールミットの肖像」ブロンズ　一八八九年　三〇×三〇×二三センチ

「オーギュスト・ロダンの胸像」ブロンズ　一八八八―一八九二年　四〇×二五×二八センチ

「ワルツ」ブロンズ　一九〇五年　ブロンズ　一八九一―一九〇五年　四六・四×三三×一九・

七センチ
「分別盛り」ブロンズ　一八九四―一九〇〇年
八〇×五五×三三センチ
「幼い女城主」ブロンズ　一八九三―九四年？
三三×二八×二二センチ

参考資料
「カミーユ・クローデル展」図録　編集発行　朝日新聞東京
本社企画第1部　©朝日新聞社　一九八七年

あとがき集

私が今迄に著書の中で、「あとがき」「発刊に寄せて」などを執筆したものがある。

それは、私本人の著書もあれば、姉・母との共著本或いは姉の単独本などに寄せたものもある。

全ての私の「あとがき」ではないが、主なあとがきを纏めてみた。

その作品の顔が、見え隠れして、興味を持って頂ければ、嬉しく思う。

『MIRAGE』
著者　田中行明（佑季明）・田中保子（佐知）
太陽出版　一九九三年六月十五日

あとがき
女とは不思議な生き物である。女は男ではなく男は女ではない。とは言うものの、近頃はユニセックス時代とやらで、性の二極化を線引きするのが難しくなってきている時代ともいえる。
しかし、私の中で女は、白日夢の如く、幻想の中で変幻自在に遊泳し、瞬時にその表情を変えて私をビビッドに魅了してやまない。

　私のレンズを通して、フィルムが息苦しく皮膚呼吸している。虚構と現実の振り子は、いつ止まるのであろうか。女たちのエロスとしての肉体と、その秘められた精神性がひとつに融合し、昇華されている美をとらえ、私はシャッターを切った。私の処女写真集に実姉の田中保子（佐知）が詩を添えてくれた。また出版を快く引き受けて頂いた太陽出版の籠宮良治氏には、紙面をお借りして深謝申し上げる次第である。

一九九三年四月十一日
いわき市湘南台の自宅にて

【帯】
写真と詩による魅惑の写真集
田中行明処女写真集
白日夢の中で変幻自在に遊泳するきらめく女たち
詩人・田中保子がシュールにMIRAGEを謳いあげる

エッセイ集『詩人の言魂』
著者　田中佐知
思潮社　二〇〇五年九月三十日

エッセイ発刊に寄せて　田中佑季明（行明）

桜咲く四月の澄空に姉・田中佐知（本名保子）は生誕した。桜の花びらの一枚一枚（ひとひらひとひら）に、姉の優しさが重なる。四十三年間、こよなく愛し、住み慣れた東京・新宿。この地にある総合病院で平成十六年二月四日未明、姉は直腸がんの為、永眠した。

　五十九歳十か月余りの短い生涯は、完全燃焼と言うには、未だ早すぎた死であった。至極無念であるが、姉の生涯は決して平坦な道程ではなく、むしろ桜吹雪の乱舞する舞台で、熱い情念の炎を赤く燃やして、精一杯生きてきた。

　その日（三月二十日春分の日）は朝から霙が降っ

ていた。母の膝に遺骨が置かれ、重い空気の中、車は一路秩父路へと悲しく走って行った。霙はやがて粉雪となり、秩父路に入る頃には、牡丹雪に変わり、遠く近く重なる秩父の山々に、すそ野に展がる野辺に、点々と可憐に咲く、早咲きの梅林にと、見渡す限り、雪の華を幻想的に咲かせていた。それは、さながら、天空の神々が、姉の終焉を迎えるための、祝宴かのように、華やいだおごそかなものだった。納骨の日にふさわしい、天国への贐であった。

　姉はどれ程このエッセイ集の出版を楽しみにしていたことであろうか？　生前に、新聞・雑誌などマスメディアに数多く発表してきた作品を中心に、この度念願の第一エッセイ集を刊行した。テーマも多岐にわたり、詩人田中佐知のしなやかな感性と知性をエッセイの世界、に縦横に展開させている。詩人・エッセイストとして歩んできた田中佐知の歴史、生きざま全体像を振り返る意味でも大変興味深い一冊と言えようか？

　最終章Ⅵの日記抄は、母が姉の死後大学ノートから探し出したものである。日記という極めてプライベートな書き綴りである。姉は公表するために書いたものではなく、自分の世界を書き留めておくための個人的な指標（メルクマール）であったのであろう。

　家族にも語られていない未知のことが記されている。田中佐知の知られざる一面を死後に於いて発見し、驚かされている。日記抄を公表するに当たっては、本人が亡くなっていること、田中佐知の本音の部分を公表することで、より深く佐知の世界を理解して頂けるのではないかと判断したからである。

「恐れ多くも、先人の諸先輩の天才たちの一人に加わりたい」と心の叫びを訴えている。永い間一匹狼（ローンウルフ）として無冠の帝王として生きてきた田中佐知の壮絶なまでの魂の叫びである。

　又、今年四月十五日、佐渡金山相川築山の道遊の割戸をバックに、金山から採掘された二トンの金鉱石と並んで、母・田中志津の石碑が建立される。敬愛する母の石碑に、田中佐知が、ＦＭ放送で、母の作品『佐渡金山を彩った人々』を全編朗読したことも、黒御影石に刻まれる。このことは、家族にとって誠に名誉なことであり、大変光栄に思っている。

この度の出版に当たっては、初出誌の関係各位の皆様方はじめ、思潮社代表・小田久郎氏の暖かいご理解とご支援、並びに編集部の藤井一乃女史のご協力なくしては、実現できなかったことを、紙上をお借りして、衷心より遺族として謝意を申し上げる次第であります。

二〇〇五年四月十一日

【帯】
やさしく語りかけられた　花は　よりいっそう　美しく咲くという
過ぎゆく時の中できらめく一瞬のいのちの輝き、宇宙の万物の息づきを捉えようとした詩人のしなやかな感性が縦横に展開する初エッセイ集　内なる魂を深める

詩集『樹詩林』
著者　田中佐知
思潮社　二〇〇六年

発刊に寄せて　田中佑季明（行明）

『樹詩林』発刊に当たって、私は一抹の自責の念を禁じ得ない。と言うのは、姉の故・田中佐知が、まえがきで述べているように「作品は見せず……自分のうちにだけ、書き留めておく。本来、私の詩は、人に見せるものではないと思っている。詩はあまりにも、私の心でありすぎるから。私の内部で煮詰まり、浄化されたものだけが人の目に触れることが許されるのかも知れない」と語っているからである。まさに姉の本音であろう。

二十代頃から、大学ノート三冊に書き綴られた詩は、公開しようとして書かれたものではなく、日記代わりに青春の心模様を詩という表現で記録しようとする極めてシンプルな気持ちから書かれたものと思われる。その内容は、恋する乙女心であったり、真摯な人生との対峙、真理の追究

であったりする。そうした混沌（カオス）、の世界の中で、やがて詩として浄化された作品も数多く生まれた。

母・田中志津がある日、大学ノートに書かれた詩作品を姉の部屋から発見して、姉に詩作活動を勧めた。それが、一連の詩集『さまよえる愛』（思潮社）、『MIRAGE』（太陽出版）、『見つめることは愛』（朱鳥社）、『砂の記憶』（思潮社）へと続くのである。

かつて、姉の詩「梨の花」を読んで、姉に「心情が溢れる良い詩だね。素晴らしいよ」と語ったことがある。「厭だ。厭だ。こんな詩のどこが良いの？　行明。こんな詩は詩集には載せられないわ」と一笑された。私の詩的センスのないことは、自覚しているが、ここまで言われようとは予想もせず困惑した記憶がある。

完全主義者の知性と感性を持った田中佐知の発言としては理解できる。

だが、本詩集に収める数多くの詩群は、作品評価は別として、ありのままの、等身大の田中佐知の全体像を浮き彫りにして、より深く田中佐知の世界を知って頂こうとの考えから、このような構成とした。親族としては、心情的に姉の一語、一語を後世に残したい。みずみずしい感性、言葉の躍動、詩の持つ力を世に問いたい。どんなに饒舌な文章より一行の詩の言葉が持つ力、重さを信じたい。

一時代を生きた女の生きざまの証を『樹詩林』に刻みたい。

姉の詩を核として、詩が樹となり枝葉を付けて花が咲く。大樹となりやがて林となって森となる。一つの言葉が、詩となり大地に根を張り、風雪、風雨、歴史に耐え、年輪を重ね天地に群生する。タイトルの『樹詩林』は森羅万象、壮大な存在感のある詩への思いを込めて私が命名した造語である。

田中佐知遺稿詩集『樹詩林』の刊行に当たり、思潮社代表の小田久郎氏並びに編集部の藤井一乃女史に、重ね重ね謝意を申し上げる次第でございます。

二〇〇五年八月十五日

【帯】
たとえば、一本の木が　空の高みに憧れるように　わたしも　届かぬ永遠に　熱い眼差しを投げかけている
この一冊には、日々の痛み、哀しみ、歓びを生きる詩人のひたむきさが読む者を揺さぶる。

『田中志津全作品集』下巻
著者　田中志津
武蔵野書院　二〇一三年一月二十日

全集に寄せる一文　田中行明
流転の人生の暁に「作家田中志津」

一九一七年、ロシア革命の年に、新潟県小千谷に官吏の四人姉弟の長女として、田中志津は生を受けた。父方の先祖は、小千谷に十一代続いた縮問屋商「増善」であった。

志津は幼少の頃より感受性が人一倍強かった。隣人が弾く、生まれて初めて聞いたバイオリンの音色に、魂を揺さぶられるような衝撃的な感動を覚えたという。小学生の時には綴り方が好きで、自分の作品が謄写版などに刷られてクラスでよく発表されたという。父親は官職の傍ら小説を書いていたようで、志津も父の影響が多少あったのであろうか？

父の転勤で生まれ故郷小千谷から、新潟市・佐渡島へと移り住み、女学校を卒業後、女性事務員第一号として、三菱鉱業（株）佐渡鉱山に七年間勤務した。志津は「青春時代を佐渡で過ごした時代が人生の中で最も輝いていた」と述懐する。二十歳の時に最愛の父親を佐渡で一晩にして亡くし、精神的支柱を失い、青春の蹉跌を痛感したという。

佐渡で首席属を務めていた父・増川兵八は、公務で佐渡各地を訪問し、その活動記録が新聞に報道されることが日常だったという。また父の依頼

で、自分が来賓で挨拶する原稿を長女・志津に確認させ、間違いなく挨拶できているか家でよく練習したという。父と志津の関係は、幼少の頃より深い親子愛で結ばれていた。志津は父を尊敬し、父は志津の成長を温かく見つめつつ、厳しい教育姿勢で接していたという。そんな父親を亡くした志津は、その時に人生で最大級の悲しみを味わった。

その後、三菱鉱業（株）佐渡鉱山を退職して、結婚のため上京する。この結婚が志津の人生に多大な影響を与えた。今迄平穏な生活で暮らしてきた人生から一転して、残酷で波乱万丈な生活が待ち受けていたのである。夫は大学の商学部と法学部を卒業したエリートであった。特待生でもあり、授業料を免除された優秀な男だったという。二つの大学を卒業する程学問には熱心であった。大手企業の工場長まで登りつめたが、一転自分で起業してから転落の人生が雪崩の如く始まった。夫は事業の失敗、精神的揺らぎを酒へと逃避していったのであろう。家族は長年にわたり、夫の酒に溺れた酒乱生活に戦き、翻弄され、苦しまされ続けてきた。

志津は「地獄絵さながらの日常だった」と振返る。そうした逆境の不条理な負の生活の中で、志津は文学に目覚めた。夫の眼を盗み、原稿用紙の桝目を埋めてゆくことが、ずたずたに破壊された心の傷を埋めてゆく唯一の生き甲斐でもあり、生きる道だったのであろうか?

新宿時代に夫の許可を得て、文学の同人誌に入会した。夫は妻に紀伊國屋で広辞苑を求め与えた。そんな思いやりや理解力のある一面も兼ね備えていた。しかし、夫との生活の大半は、結婚当初と夫の晩年を除いては、波乱万丈な生活が重く支配していた。

同人誌では、『信濃川』のもとになる「銀杏返しの女」を発表。また同人たちの論評迄手掛け、徐々に文学の力を身につけて行き、同人の仲間たちからも注目される存在に成長していった。『信濃川』は母から聞いた明治という舞台で一人の女が生きた半生の物語を、信濃川を背景に描いた作品である。『信濃川』の帯は、直木賞受賞作家・和田芳恵によって「淵に淀み野へあふれ、流れてやまぬ女の河。雪深い北越の町と、明治という時代を背景に、作者は一人のつつましい女の半生を、惜しみない感傷の流露のなかで、力を込めて描いた。初心とも古風とも見る人はあろうが、小説とは本来こういうものなのだと、私は思っている。」と書かれた。また「雑草の息吹き」という随筆日記を自分でタイプ印刷して、四谷の製本所に持ち込み三十冊程製本したという。やり場のない生活に苦しみ、もがき、苦渋の中から生まれた作品と言ってよかろう。志津は文学に逃避したのであろうか？　否、苦難の中で生活と闘い自己を強固のものへと構築してゆくためのツールとして文学があったのではあるまいか。この志津の持つ底知れぬ力強さは一体どこから生まれてくるのだろうか？　勿論本人の資質も核として存在することは言うまでもない。だが、私は詰まる所その根源は、志津の原風景である故郷の土壌、風土、気候から生まれてくるのではなかろうかと推察する。雪深い小千谷で生まれ育ち、鉛色の鈍重な空の季節を数か月も耐え忍び、春の訪れとともに雪解けの山河から明日への喜びを享受してきた。佐渡時代には、荒れる日本海の海鳴りの音を身近で聞き、四季折々の大自然の中で生活を満喫した。一方戦争というおぞましく悲しくて痛ましい体験も味わった。また、青春の多感な時代に佐渡金山という隆盛から凋落に向かう一時期を経験した。その中で、佐渡金山の現場で働く労働者たちの生き様を間近にし、また全国から集まったエリートたちとの出会い、佐渡の自然、文化、風俗及び佐渡金山の歴史にも直に触れることが出来た。そうした時代との遭遇が、志津を有形無形のクロスオーバーした形で成長させていった。つまり、それらのグローバルな経験が志津の体の中でカオスとして自然に融合され、血となり肉となって「文学」の形態として昇華されているのだろう。

「雑草の息吹き」はその後、戯曲家・郷田悳によりＮＨＫで「今日の佳き日は」として全国放送された。また、志津は、『遠い海鳴りの町』『冬吠え』『佐渡金山を彩った人々』など、遅筆ながらも着実に世の中に作品を生み出し続けてきた。この頃には、自分の中で既にライフワークとしての文学が確立していたと言えよう。

私は、来年一月二十日に九十六歳になる作家・田中志津の一生を回想する時、全集『田中志津全作品集』が志津の総括として昇華された金字塔のような作品であると考える。一連の志津の作品は、純文学でありその姿勢は一貫している。そして、時代考証的役割とまた、時代の裏面史的側面をも合わせ持つ、貴重な文学作品として位置付けることが出来ると言えよう。まさに現代社会に於いて、稀有な存在である。

田中志津の文学碑が、佐渡金山と新潟県小千谷の船岡公園にいぶし銀のように輝いて建立されている。佐渡金銀山は、世界文化遺産に暫定登録されている。後世に志津の名前と足跡を残すのに、この二つの文学碑は大きな役割を果たすであろう。

既刊小説及び昭和時代・平成時代の随筆、そして短歌を収載した全集。

大正・昭和・平成を真摯に生き抜き、昨年3・11の千年に一度の東日本大震災を福島県いわき市の入院先の病院で経験して、命からがら東京に避難生活を余儀なくされている。

振り返ってみれば、志津は、小千谷を皮切りに新潟市内、佐渡相川、東京の目黒、世田谷そして四十三年間こよなく愛し続けて住んだ新宿を経て、最愛の娘・保子（佐知）と埼玉県所沢市に十一年有余在住していた。その後、癌で娘を五十九歳十か月で亡くし、高齢ゆえ所沢で一人で生活するのも困難なこともあり、次男・行明の住む福島県いわき市に移り住んだ。原発事故が無ければ晩年の地は、多分いわき市であったであろう。しかし現在は東京都中野区に住民票を移している。人生の中で、故郷を離れず一生その土地に暮らす人たちも大勢いる。志津は激動の時代を生き続けている中で、今も随筆や短歌にチャレンジし続ける「作家魂」というものには、敬服してやまない。

志津の根本思想は一貫して真理の追究であり、その洞察力の卓越さは天性のようにも見え、目を見張るものがある。どんな環境下に置かれても、真摯に生きる姿勢は不変である。また、正義感、責任感が強く、白黒、善悪が明白であり、立ちはだかる困難からは、好むと好まざるとに拘わらず決して逃げない。どんな局面に於いても真摯に事物と対峙して解決の糸口を自力で見つけ出す。信念はぶれないのである。不動の信念は一見頑固さにも通じるが、その底流には深い慈悲と思想が息づいている。誰からもこよなく愛される人柄は、本人の資質も勿論あるが、積年の人生経験から培われてきたものであろうか。

両足大腿骨骨折でボルトが二本両脚に埋め込まれ、脊柱管狭窄症、骨粗鬆症という病とも闘い、決して万全ではない体調の中で、こつこつと作品作りに取り組んでいる姿に大いに賛歌と拍手を送りたい。生きることの辛さ、苦しさ、悲しさ、不条理さ、残酷さを充分に認識したうえで、生きることの喜びや意義を同時に感じている。

志津は、流転の人生の暁に今、荒波を乗り越えて、誇らしげに帆を高く掲げ、命の灯りを灯して力強く未知の大海に船出しようとしている。

平成二十四年十二月五日　　田中行明

【帯】

波乱万丈。九十六歳女流作家の人生のすべてがここにある。

最愛の父と死別後、結婚を機に平穏な生活が一転し波乱万丈な生活が始まった。逆境の中で、彼女が自己を強固なものへと構築してゆくためのツールが文学であった。雪深い小千谷という風土で育まれた不屈の精神で原稿用紙の桝目を埋めた「作家魂」がＮＨＫで放送された「雑草の息吹き」をはじめ、『信濃川』『冬吠え』などの作品へと昇華、結実してゆく。戦禍を乗り越え、愛娘との愛別、福島で３・11の罹災を経て、今もなおひたむきに生きる、九十六歳の女流作家・田中志津の人生そのものをまとめ上げたのが『田中志津全作品集』である。

『ある家族の航跡』

編者　田中佑季明（行明）

武蔵野書院　二〇一三年七月六日

刊行に思いを寄せて

この度の本の企画は、二〇〇五年頃から考えていたもので、私の家族を核にして執筆を試みた一冊である。二〇〇五年八月三日、勤務中に腹痛が悪化して、私は生まれて初めて救急車でいわき市の病院に搬送された。腸の狭窄症で、約一か月の検査入院だった。容体が悪化すれば手術が難しく、仙台の東北大学病院への転送も考えられていた。しかし、幸い手術には至らなかった。

入院から八月十九日の退院までの時間を利用し、私は病院のベッドで原稿を書きまくった。普段の多忙な勤務状況の中では、帰宅後に充分な執筆時間をとることが出来ないからだ。会社の作業服のまま病院に搬送されたため、知人の龍子さんに原稿用紙と筆記用具を届けてもらい助かった。入院期間中にこれ幸いに書きまくったのである。

私にとってこの本は、写真詩集『MIRAGE』（詩・田中保子（佐知）太陽出版　一九九三年六月十五日刊行）に次ぐ出版となる。本来二〇〇七年の退職前に刊行する予定であったが、今日まで大幅に遅れた理由は、姉の保子が二〇〇四年二月四日に癌のため五十九歳十か月で永眠し、その後、姉の残した原稿を母・志津と纏め上げて、詩集、エッセイ集、遺稿集、絵本詩集、全作品集などの刊行を最優先にしたためである。また、新宿歴史博物館に於ける姉の追悼展をプロデュースし、個展や原画展及び朗読会の開催にも時間を費やしてしまった。加えて、二〇一三年刊行の母の全作品集にも尽力し、自分の作品が後回しになった。今年九十六歳となった母の年齢を考慮すると、この選択は正しかったと思う。

姉の没後から二〇一二年まで、毎年本を刊行している。韓国でも、姉の詩集『砂の記憶』『見つめることは愛』の二冊がバベル・コリア社により翻訳出版された。私の知っている範囲では、没後このように毎年新刊書を刊行した作家は、文学史上皆無のような気がする。同時に姉の残した原稿を本として刊行出来たことに誇りを持つ。某出版社の会長には「五十年に一度出るか出ないかの詩人である」と姉を高く評価して下さった。勿論、出版社はじめ多くの方々のご協力があってこその快挙であることは言うまでもない。

こうした背景の中で、本書『ある家族の航跡』を刊行することが出来た喜びを亡き父、姉、家族と共に享受したい。

内容も家族を核に展開させ、新しい実験的本づくりを目指した。

家族一人一人の点を線で結び、その延長線上に円を終結させる。円は時空をゆっくりと遊泳して一つの世界を創造する。それぞれの個性が引き出された時に、円は楕円となりまたいびつにも凹凸にもなり、その姿を変容させるが、それはプロセスであって最後は家族の絆で修復される。ベクトルは家族のくくりの中では一つに帰結される。

果たして読者にはどのように受け止めて頂けるであろうか?

刊行後は本が独り歩きをして、多くの人の目に触れ、それぞれの見方、評価をして頂ければよいと思う。

私は今、次のステージに立つ準備をスタートさせようと決意している。

余りにも遅い団塊世代の新たな旅立ちではあるのだが……。

刊行に当たり、初出誌関係各位の皆様方はじめ、志茂田景樹氏、武蔵野書院院主・前田智彦氏並びに編集部・梶原幸恵女史には、多大なるご支援・ご協力を仰ぎ心より感謝申し上げる次第である。紙上をお借りして、厚く御礼申し上げる。

二〇一三年一月二十日

避難先の東京都中野区都営住宅にて

田中佑季明

【帯】

酒癖の悪さで家族に忍苦を強いて逝った父。それゆえ残された家族には熱い絆が生まれた。

　自分の半生を小説に紡ぐ母志津。愛娘佐知は豊かな感性と認識の深さで透徹した詩の世界を築きながら、まだありあまる才とともに若くして他界した。佐知の残像を折々に思い浮かべながら、母を感謝の念で見守る兄昭生と弟行明。この書から立ち上がる真摯でしなやかな家族像に、読者は家族のありように理解を深めるに違いない。

志茂田景樹（直木賞受賞作家）

『邂逅の回廊』
著者　田中志津・田中佑季明（行明）
武蔵野書院　二〇一四年一月二十日

あとがき

『邂逅の回廊―田中志津・行明交響録』は昨年二〇一三年刊行された『田中志津全作品集』全三巻並びに『ある家族の航跡』（共に武蔵野書院）に引き続く刊行となる。

　今回は母（九十七歳）、その息子の共著であるが、大正・昭和・平成という激動の歴史に竿さしながら生き続けてきた、紆余曲折の人生と対峙しながら、そこにそれぞれの立ち位置からの検証を重ねつつ、母の短歌、随筆と息子の随筆、小説として作品化することにより、一冊の本に纏めた。これらの作品を通して響きあう親子の息遣いが少しでも感じて頂けたならば幸いである。

　東日本大震災でいわき市から東京へ、母と避難してから間もなく、三年の歳月を迎えようとしている。出口の見えない原発問題に心の傷跡も癒されていない。だが、「これからが出発だ」という母・志津は、「死ぬ三十秒前まで執筆して下さい」といわれる志茂田景樹氏（直木賞作家）の愛情あふれる熱い言葉に応えて、今も尚毎日をひたむきに生きている。

　限りなく、ふつふつと湧き上がる母の生き方や、文学に対する情熱や、姿勢には敬意を表する。このバイタリティーの光源は、何処から生まれるものだろうか。

　百歳まで生きると公言していた、母の尊敬する父・増川兵八が五十四歳にして一晩で逝った無念さ。また、最愛の娘である詩人の佐知（保子）が六十歳を直前に病で他界したこと。恐らくこれらの耐えがたい苦難が逆にバネとなり、母に根源的な生きる力を奮起させているのであろうか？ あるいは、既に他界している両親、夫、娘や自分の弟妹たちからの、「私たちの分まで生きて」という声が母には届いているのであろうか。

　母の体力と記憶力は、年を追うごとに年齢相応に推移しており、脊柱管狭窄症、骨粗鬆症、両足大腿骨骨折で二本のボルトを脚に埋め込まれ、身体が「痛い痛い」と日常生活が辛いとこぼす時もある。外出時は車椅子である。幸い精神的活力は未だ健在だ。主治医はじめケアマネージャーや、多くの皆様方のご支援に助けられている。

　僭越ながら、この本で多くの読者に少しばかりの勇気と希望を与えることが出来るとすれば、刊行の意義もあり、母も至上の慶びであろう。

　私も母との共著に参画出来たことに喜び、また感謝している。

　末筆ながら、刊行に当たりましては、武蔵野書院院主・前田智彦氏の多大なご支援ご協力を仰ぎ、母共々、深く感謝申し上げる次第でございます。

二〇一四年一月二十日
　避難先の東京・中野にて　田中佑季明（行明）

【帯】

九十七歳の女流作家と次男・行明が織りなす随筆、短歌、小説をまとめ上げた一冊。それは人生という名の回廊で得たさまざまな邂逅の述懐でもある。

親子であるがゆえなのか、本書を構成する四つの楽章は心地よく共鳴しあう。

リズミカルな優品として昇華された交響の宴が、ここに完成した。

写真随筆詩集『三社祭＆Ｍの肖像』
著者　田中佑季明・田中佐知
東京図書出版　二〇一五年九月十六日

あとがき　写真集刊行に当たって

この度の写真集は、私にとっては平成五年刊行の『MIRAGE』（太陽出版）に次ぐ写真集となる。当時、写真と詩のコラボレーションは大変珍しく、マスコミ各社にも数多く紹介された。今回も詩人の姉・田中佐知との共著である。だが、既に田中佐知は、平成十六年二月四日、病に倒れ他界している。「三社祭」には姉のカメラアングルで捉えた写真も収載した。私と姉のカメラアイは自ずと異なるが、共通項は日本の祭りへの熱い情熱である。

三社祭は、平成四年夏、東京丸の内三菱フォトギャラリーに於いて、田中佐知と二人展を開催した。また平成五年秋・パリ「ESPACE　JAPON」での「家族展」にも三社祭の一部の写真が紹介された。

朝日新聞はじめ地方紙に於いても、これらの企画展が報道された。

「小名浜の祭り」は東北地方の夏祭りである。港の男たちには、大漁旗と潮風の香りを含んだ神輿と笛太鼓が似合うようだ。

また「Ｍの肖像」は、平成七年晩夏、大阪ギャレ・カサレスで写真展を開催した。同年写真週刊誌「FLASH」に掲載された。

おんなは固い果実と苦みと酸味を含んでいた。女は千の顔を持つ。ひとりアンニュイと緊張、陶酔が交錯し、怪しげなエロスを醸し出す。それは夏の暑い日の幻想だったのだろうか？

写真の他に随筆、短歌、小説、詩集を加えてみた。詩は田中佐知の代表作『砂の記憶』と「四季の女」「わたしの中の風景」を収載した。姉・田中佐知への鎮魂歌でもある。

姉は没して十一年経つが、没後も毎年のように著作を刊行し、今もその作品群は色あせることなく、更なる輝きを増し人々の心の中に生き続けていることを信じたい。

写真集の評価は、読者に委ねるしか術はないが、読み物として少しでも楽しんで頂けたならば、この写真集を刊行した意義があると言えよう。

尚、刊行に当たりましては、東京図書出版・編集部のご協力を仰ぎ厚く御礼申し上げます。

平成二十七年四月十一日

著者　田中佑季明（行明）

【帯】

被写体を追う田中行明の眼は確かな鋭い光を放つ。

聞こえますか？　日本の祭囃子の笛、鐘、太鼓が……。

神輿が踊る熱気が伝わりますか？

おんなのしなやかな肢体は、時に優しく男の心を抱く。

詩人・田中佐知が珠玉の詩を添える。

『歩き出す言の葉たち』
著者　田中志津・田中佑季明
愛育出版　二〇一七年一月二十日

あとがき

この度、母・田中志津と、息子の私との共著を刊行することになりました。

母との共著は、『ある家族の航跡』『邂逅の回廊』（共に武蔵野書院刊行）に次ぐ、作品であります。百歳を迎える母にとって、今回の刊行は今迄とは趣を異にするものと言えましょうか。と申しますのは、今後いつまでも、元気に随筆などを執筆することは、体力的にも精神的にも厳しいと判断しているのではないかと推察するからです。

母は随筆執筆に当たり、リオ五輪では、何度も新聞記事に目を通したり、テレビの競技の模様の印象を都度メモに走り書きしていたり、また不確かな所は、私に確認して執筆していました。そうした姿に触れ、物書きの執念のようなものを感じました。

生きている証を残す意味でも、本の刊行は、大変意義のあることだと思います。

私は随筆、詩、短編小説そして、母は平成二十八年にコツコツと書き溜めた随筆、短歌などを纏め収載致しました。

親子でこうして、刊行できる慶びを心より嬉しく思っています。

百歳を迎える母は、やはり時間との闘いを意識しているようです。書ける時に書いて置く。この信念がある限り、元気なうちは作品が生まれることでしょう。

私は母の介護はじめ、家族（母、姉）の刊行を優先させていた為、退職後も己の作品のスタートが遅くなりました。後悔はしていません。優先順位があり、やるべきことがあったのです。

私は、今回の共著を含めて八冊刊行したことになります。

これから私は、ライフワークとして、充実した内容の創作作品に取り組めれば、幸せでございます。

刊行に当たりましては、愛育出版社長・伊東英夫氏はじめ編集の坂本氏には多大なるご支援とご協力を仰ぎ心より感謝申し上げます。また「冒険家」については植村冒険館の内藤様はじめ東京経済大学関係者の方々及び植木博章氏にも大変お世話になりました。ここに厚く御礼を申し上げます。

平成二十八年十月吉日

日本文藝家協会会員　田中佑季明

【帯】

百歳出版記念
百歳の母・志津とその息子・佑季明。二人の作家が、時代を超えて、織り成す随筆、詩、小説、短歌。限りなく燃え滾る文学への情念。衰えぬ静かな魂の叫び。現代に問う『歩き出す言の葉たち』

よ。

『愛と鼓動』
著者　田中志津・田中佑季明
愛育出版　二〇一七年十一月十日

あとがき

今年平成二十九年一月に発刊した『歩き出す言の葉たち』（愛育出版）に次ぐ、母の百歳記念出版第二弾が『愛と鼓動』である。

今回も母・田中志津との共著である。親子で共著を著すことが出来る慶びを大変嬉しく思っている。今年三月に自主避難先の東京から六年目にいわきに戻り、三月以降に執筆した私の随筆と小説、母の短歌と随筆からなる小著は、読者にどのように受け止められ読まれることであろうか？

百歳という人生の大きな節目に刊行される慶びを母は特に痛感している。

刊行に当たりましては、東京経済大学「東京経済」の関係者並びに東京新潟県人会広報委員・本間荘平氏及び中野区社会福祉協議会・永嶋、宮島両氏のご協力に心より感謝申し上げる。また、（株）愛育出版の社長・伊東英夫氏並びに編集の坂本和弘氏にも大変お世話になりました。紙上をお借りいたしまして、厚く感謝申し上げたい。

平成二十九年七月十五日
日本文藝家協会会員　田中佑季明

【帯】
百歳出版記念第二弾！
筆を執りこの人生を書き留めん書くことだけが我が命なり
母・志津、息子・佑季明の随筆、小説、短歌をまとめ上げた渾身の一冊。
二人の言魂に愛と鼓動が共鳴する。

あとがき

この度、母・田中志津と息子・佑季明の共著『親子つれづれの旅』を刊行致しました。

本の構成もユニークなものと、自負致しております。

百二歳の母と、こうして共著を刊行できる慶びを大変嬉しく存じます。

母に於かれましては、健康に留意なされ、ますます元気な姿を、私たち子供をはじめ、多くの人たちに見せて頂きたいと思います。そして、読者に勇気と希望をもたらすことが出来ましたならば、幸甚でございます。

この企画が読者の心に少しでも届いてくれたならば、大変嬉しく存じます。

装丁画には、以前からお世話になっております南高彩子様にご協力頂きました。

紙上をお借りいたしまして、心より感謝申し上げます。

ありがとうございます。

尚、カバー裏には、母が一〇一歳の時に描いた、りんごの絵を記念に加えました。

また、土曜美術社出版販売の社主・高木祐子女史には、いろいろとご協力を仰ぎ心より感謝申し上げます。

令和元年六月吉日

日本ペンクラブ会員　日本文藝家協会会員

作家　田中佑季明

◆プロフィール

田中　志津（たなか・しづ）

一九一七年一月二十日　新潟県小千谷生まれ。
日本文藝家協会会員　作家・歌人。
新潟県立相川実科女学校（現・佐渡高等学校）卒業。
三菱鉱業（株）佐渡鉱山勤務　女性事務員第一号。

★主な著書

『信濃川』光風社書店
『遠い海鳴りの町』光風社書店
『冬吠え』光風社書店
『佐渡金山を彩った人々』新日本教育図書
全集『田中志津全作品集』上・中・下巻　武蔵野書院

『ある家族の航跡』武蔵野書院　共著
『邂逅の回廊』武蔵野書院　共著
歌集『雲の彼方に』角川学芸出版
随筆『年輪』武蔵野書院
『歩きだす言の葉たち』愛育出版　百歳出版記念　共著
『愛と鼓動』愛育出版　百歳出版記念　共著

★主な催事

フランス　パリ　親子三人展　講話
いわき市　ギャラリーI（アイ）　講話
世界遺産フォーラム　新潟・メッセージ

文学碑　佐渡金山顕彰碑　新潟県佐渡市　佐渡金山
生誕の碑　新潟県小千谷市　船岡公園
歌碑　いわき市　大國魂神社

★その他

『佐渡金山を彩った人々』『冬吠え』娘の田中佐知がFM放送で全編朗読。二年。
NHK対談番組出演、新潟総合テレビ出演、FM放送出演。
随筆日記、NHKでドラマ化放送。

朝日、読売、毎日、産経、新潟日報、福島民報、福島民友、週刊現代、週刊読売、週刊サンケイ、京都新聞、伊勢新聞などに多数掲載。

田中　佑季明（たなか・ゆきあき　本名・行明）

東京生まれ。東京経済大学経済学部卒業。明治大学教職課程修了。

記者、教員を経て三菱マテリアル（株）三十年勤務。

作家・写真家・エッセイスト・舞台監督・プロデューサー。

日本文藝家協会会員。日本ペンクラブ会員、企画委員。日本出版美術家連盟賛助会員。

いわきアート集団所属。

東京、大阪、所沢、いわき市、パリで個展など開催。

★主な著書

写真集『MIRAGE』太陽出版　田中保子（佐知）と共著

写真随筆詩集『三社祭&Mの肖像』東京図書出版　田中佐知と共著

『ある家族の航跡』武蔵野書院　田中行明編

『邂逅の回廊』武蔵野書院　田中行明編

『団塊の言魂』すずさわ書店　田中佑季明

詩集『田中佐知・花物語』土曜美術社出版販売　田中佑季明編

小説『ネバーギブアップ―青春の扉は・かく開かれる』愛育社

『歩きだす言の葉たち』愛育出版　田中志津と共著

『愛と鼓動』愛育出版　田中志津と共著

詩歌集『うたものがたり』土曜美術社出版販売

★主な催事

東京：三菱フォトギャラリー、三越、デザインフェスタ原宿などで個展。

新宿歴史博物館・追悼展　新宿安田生命ホール　舞台監督　東京都美術館「東京展」出品

オノマトペ　コレクション展・朗読会企画　アートスペース銀座ワン・グループ展

所沢：所沢図書館・家族展　新所沢コミュニティーセンター・朗読会

大阪：ギャレ・カザレス・写真展

いわき市：NHK、草野心平記念文学館、平サロン、創芸工房、ラトブ、いわき市勿来関文学歴史館他

パリ：エスパス・ジャポン「親子三人展」志津・佐知・佑季明

中国・山東大学「多文化研究と学際教育」の国際シンポジウムで九月講演予定

★その他

NHK、ニッポン放送、FMいわきなどに出演。椿山荘講話。

月刊誌に随筆六か月執筆。
★いわき市：二〇一七年四月二十三日、大國魂神社「歌碑」（母子文学碑、志津・佐知・佑季明）建立。
★マスメディア
朝日、読売、毎日、産経、新潟日報、福島民報、福島民友、いわき民報、FLASH、日本カメラ、東京中日スポーツ、アサヒ芸能、月刊誌などに多数紹介される。

南高　彩子（みなみたか・あやこ）

一九九三年二月十七日　東京生まれ。

国分寺市立第四中学校卒業。日々輝学園高等学校卒業。

一九九九年、六歳の頃より現在まで、国分寺の水彩画教室「アトリエMIURA」にて三浦宗子氏から指導を受ける。

二〇一一年に出版された『田中佐知　絵本詩集』（朱鳥社刊）にて、絵を担当。

二〇一三年、二十歳の記念に画集『彩子のアトリエ』（朱鳥社刊）を出版。題字と監修は三浦宗子氏。

二〇一四年秋、東京都文化財ウィーク、世田谷区の国登録有形文化財「旧柳澤邸宅」にて、「南高彩子個展」を開催。

二〇一六年、詩集『田中佐知　花物語』（土曜美術社出版販売）のカバー・扉装画に「はなかざり」を提供。

同年春、阿佐ヶ谷「ギャラリーオノマトペ」にて企画展を開催。好評を博す。

二〇一八年、荻窪の有料老人ホーム施設より認知症セラピーの依頼あり実施。ロビーには現在も多くの作品が展示され、入居者、来所者に癒しを提供している。

親子（おやこ）つれづれの旅（たび）

発行　二〇一九年十月十日　初版第一刷

著者　田中志津
　　　田中佑季明

装丁　直井和夫

発行者　高木祐子

発行所　土曜美術社出版販売
〒162-0813　東京都新宿区東五軒町三—一〇
電話　〇三—五二二九—〇七三〇
FAX　〇三—五二二九—〇七三二
振替　〇〇一六〇—九—七五六九〇九

印刷・製本　モリモト印刷

ISBN978-4-8120-2535-2　C0095